だいわ文庫

古書カフェすみれ屋と本のソムリエ

里見 蘭

大和書房

古書カフェすみれ屋と本のソムリエ

Books & Cafe
【*SUMIREYA*】

目次

古書カフェすみれ屋と本のソムリエ

Books & Cafe【SUMIREYA】

古書カフェすみれ屋と本のソムリエ

恋人たちの贈りもの

1

「すみれさん、ちょっと話聞いてもらっても、いいですか」

という、常連客の高原《たかはら》君の言葉が、一連の出来事のはじまりだった。

つまりそれが、玉川《たまがわ》すみれが、このカフェの古書スペースで働く紙野《かみの》君の持つ、不思議な能力に気づいたきっかけでもあったというわけだ。


渋谷から私鉄で数駅、そこから十五分ほど歩いた住宅街に、古書カフェすみれ屋はある。二階建ての古い木造家屋。以前は昔ながらの喫茶店だった一階部分を改装した店だ。二階はすみれの住居となっている。

玉川すみれはオーナー店主だ。

すみれ屋の右手、奥の部分のおよそ五坪の空間は古書店になっている。

右手の壁と、正面のトイレの手前の壁にそれぞれ、高さ百八十センチ、幅八十センチの書棚が二本ずつ並んでいて、ぎっしり本が詰まっている。そのふたつの壁の手前に大きな陳列台が置いてあり、天板に本が平置きされていた。

古書店に置かれた本は売りものでもあるが、すみれ屋のお客様は無料で閲覧できる。すみれはすみれ屋のオーナーだが、古書店部分は紙野君の裁量に任せている。カフェと古書店は独立採算制で、紙野君は古書店の店長。すみれは店のスペースを紙野君に提供している形だ。紙野君はカフェと合わせた総面積に対して按分《あんぶん》で月々の家賃や光熱費をすみれに払っている。

紙野頁《よう》、というのが紙野君のフルネームだ。

長身で痩せていて、いくらか猫背の気味があり、前髪がセルフレームの眼鏡にかかっている。彫りは深い。たいてい細身の黒いシャツの袖を肘までまくり、同色の細身のパンツを穿《は》いて、白いショートエプロンをつけている。低い声で、あまり感情を表に出さずに、話す。

高原君がいつになく真面目な顔ですみれに声をかけたのは、クリスマスまであと二週間という日の午後のことだった。

すみれ屋はテーブルが八席、カウンターが九席という造りだ。カウンターは、ドアのすぐ横に窓を向いた二席分のみじかいものと、店の奥左手にキッチンを囲むL字型のものとがある。

高原君はキッチンを囲むL字の、一番奥まった席でホットアップルサイダーを飲んでいる。隣とその隣は空席だ。

飲食業に携わる人間にはいくつかタイプがある。たとえば、人と接するのが好きで、接客が苦にならないどころか天職であるようなのがそのひとつ。ただ、すみれはそうではない。料理を仕事にしたいと思ったのだ。もともと食べることが大好きで、静岡で生まれ育ったすみれが大学へ入学したさい上京して一番うれしかったのは、美味しい店がたくさんあることだった。

三ヵ月ほど前にすみれ屋が開店して以来、高原君はよく通ってくれて言葉も交わすが、こんなふうにあらたまって切り出されたのははじめてだ。

ランチタイムのピークは一段落している。シンクで食器を洗っている紙野君のほうに目をやると、彼もこちらを見ていて、小さくうなずいた。気にかけてくれていたのだ。

「お客様がいらしたら離れるかもしれませんけど、それでもかまいませんか」

高原君に確かめると、「もちろんかまいません」と言う。すみれは店内に気を配りながら話を聞く態勢を作った。紙野君がフォローしてくれるなら、問題ないだろう。

「美雪《みゆき》さんのことなんです。あー、困った」高原君が頭を抱える。

美雪さんは高原君の年上の恋人で、やはりこの近所に住んでいる。ふたりで来店することも多い。

「どうしたんですか？」

高原君と美雪さんがつき合いはじめたのは、ちょうど三年前のクリスマスイブだったと聞いている。それまで何度かのトライで色よい返事をもらえなかったにもかかわらず、高原君がめげずに告白したところ、美雪さんははじめてOKした。そのとたん、雪が降りはじめてホワイトクリスマスになった、という「神様の粋なはからいとしか思えない」展開もあったのだとか。

しかし、すみれがまだふたりから聞かされていないこともあった。高原君はまずそこから話をはじめた。


三年前のクリスマスイブ、高原君の告白を受け入れた美雪さんは、こう言ったのだという。

「いいけど、あたし、ひとつ決めてるんだ。三十歳になるまでには結婚するって」

高原君は美雪さんにこう答えた。「結婚してください、俺と！」

すると美雪さんは眉をひそめた。「すぐってこと？」

高原君は考えた。そして叫んだ。「すぐでもいいんですかっ？」

「落ち着いて、淳平《じゅんぺい》」高原君の下の名前だ。「現実見えてる？　はっきり言ってわるいけど、あんた、一流でも二流でもない大学出たての、ミュージシャン志望のたんなるフリーターだよ。あたしの夢、知ってるでしょ？　結婚したら、子供といつも一緒にいてあげられるお母さんになりたい。でも淳平、いまの自分に、あたしと子供を養えると思う？」

「……無理です」

「あたしだって、いますぐしたいなんて言ってない。ただ、あんたとちがって、あたしのほうはあと四年したらもう三十になるってこと。それを忘れないで欲しいんだ」

高原君は美雪さんの言葉を噛み締めた。そして叫んだ。

「三年待ってください！　俺、それまでに絶対、妻子を養えるプロのミュージシャンになって、三年後のクリスマスイブ、美雪さんにプロポーズします！」

イルミネーションが彩る街で、道行く人たちはその大声に何事かと目を向けた。美雪さんはあっけに取られ、それからたしなめるような顔になり、最後には小さく噴き出した。

高原君の悩みの中心は結婚なのか。かつて一度、その機会を逃した自分に助言できる気はしないものの、いま彼が頭を抱えている理由は、すみれにもわかった。

三年経ったいまも、高原君の肩書きに変化はない。知り合いに紹介された建設会社で日雇いの仕事をする傍ら、プロのシンガーソングライターを目指して音楽活動をつづけている。いや、むしろ生活の比重は音楽のほうに置いていると言ったほうが正しいようだ。

建設会社の社長からは、みっちりしごいてやるから社員になれ、と言われているらしい。けれど高原君にとって、正社員になるのはミュージシャンになる夢をあきらめることに等しい。以前、彼はこう言ったことがある。

「俺、自分も音楽に勇気もらったから、音楽でたくさんの人を感動させる人間になりたいんですよ。いや、絶対なってみせます」

口だけではない。ライブハウスに出演し、自主制作したCDをレコード会社に送り、演奏を録画して動画投稿サイトにアップしたりもしているらしい。

すみれは一度、駅前で路上ライブをする彼を見たことがある。スタンドマイクとアコースティックギター、ギターにつないだアンプ、というシンプルな構成。高原君はひとりで自作の曲を歌っていた。きれいなメロディラインに乗せた歌詞は爽やかだ。まっすぐに人を愛する気持ちを歌った歌、疲れている人を励ます力強い歌、若くして不慮の死を遂げた友人を痛切に悼む鎮魂の歌。そんな楽曲を、透明感のある歌声で思いきり歌い上げる。

素敵だ、とすみれは思った。ヴォーカルばかりでなく、伸びやかで澄んだギターの音色も。その日は周りに何人か人がいて気恥ずかしかったので、後日カフェで感想を述べると、高原君は「そうでしょう」とまったく謙遜することなく同意した。

「俺、スタジオミュージシャンになれって言われたこともあるし、腕にはちょっと自信あるんですけど、あのギター自体、アメリカのメーカーの看板商品で、七十万円以上しました。学生時代、必死にバイトしまくって貯めた金で買ったんです。物としては、俺の唯一の財産。すみれさん、いい耳してますね」

褒《ほ》められたものの、すみれは音楽には素人だ。彼の演奏を自分は素敵だと感じたけれど、プロになるための壁はきっとものすごく高いのだろう。

「ああ、どうしよう。ここ何ヵ月か、ラストスパートかけて、ライブにもいっぱい出て動画もアップしまくったし、あちこち営業もかけたのに……」

カットソーのシャツにジーンズに寝癖といういつものスタイルの高原君の顔には、いま、絶望の色がにじんでいる。救いを求めるように、耐熱ガラスのカップからホットアップルサイダーをすすった。

十二月に入ってはじめたメニューだ。アメリカでサイダーと言えばりんご果汁のこと。乾煎りして香りを出したシナモンスティックなどのスパイスを、オレンジの皮を加えたりんごジュースでじっくり煮て砂糖で調味する。会社員をしていた頃、出張でニューヨークへ出向いたさい、タフな仕事をなんとかやり遂げたあと、しんしんと冷える街の売店でこれを飲んで身体も心も温まり、生き返ったように感じた。以来すみれには思い出深い味になっている。

高原君にかける言葉に迷った。自分に適切なアドバイスができるとも思えない。無難にあいづちを打つことにした。

「本当に好きなんですね、美雪さんのこと」

「中学入って、友達になった龍太《りゅうた》んち行って、そこで龍太の姉ちゃんで高校生だった美雪さん見てひと目惚《ぼ》れしてから、かれこれ十年近く片想いして、ようやく恋人同士になれたんですよ。絶対離したくないです」

あまりにもまっすぐな高原君がすみれの目にはまぶしかった。若さばかりではない、彼の気質なのだろう。

「美雪さん、三年の期限を忘れているということはない？」

「それはないです。あの人、約束だけは何年経っても絶対に忘れないから」

「でも、そこまで厳密に考えているかしら」

「考えてると思います。美雪さん、筋を通さないやつと約束を守らないやつが大嫌いなんですよ。自分でも口にしたことは厳守するし」

「でもそうなると、美雪さんがいま、高原さんとつき合っているという事実と矛盾すると思う」

話の内容が内容なだけに、無責任に高原君の肩を持つわけにはいかない。しかし、高原君が当事者として、また本人の性格もあって視野狭窄《きょうさく》に陥っている可能性はある。

美雪さんは二十九歳。高原君は三歳年下の二十六歳。たしかに、結婚を意識するなら、夢を追ってばかりもいられない年齢ではあるだろう。しかし高原君自身、現状に甘んじているわけではない。一緒にいればそれはわかるはずで、「三年後のクリスマスイブ」という高原君の言葉も、努力目標として美雪さんが理解している可能性もある。

「それが……最近、なんか冷たい気がするんですよ。もしかしたら、仕事で悩んでるのが原因かもしれないけど」

「悩み？」

「しつこいおっさんがいるらしいんですよ。つき合えつき合えって」

美雪さんの仕事は保険のセールスだ。飲食業にも言えることだが、たくさんの人と接する仕事だから、おかしな相手にぶつかることもあるだろう。

そういえば、以前にもストーカーのようになった顧客がいたと、美雪さんが言っていた。彼女をひそかに尾行して、最後には家に押しかけてきたという。そのとき助けたのは高原君だった。

「美雪さんは、俺の恋人だ。どうしても奪いたかったら、俺を殺してみろ」

相手の中年男性に向かって、そう啖呵《たんか》を切ったそうだ。それ以来、男は美雪さんの前に姿を見せなくなった。

「あのときの淳平は、なかなかかっこよかったな。ちょっと惚れ直したもんね」

美雪さんは目元を緩めてすみれにそう語ったものである。

「ひょっとして、またストーカー……？」

そうではなさそうだ、と高原君は答えた。ただ、輸入会社の社長だというその男性は、従業員の保険のことで相談があるなどと理由をつけては美雪さんを呼び出し、高級ブランドのバッグやアクセサリーなどのプレゼント攻勢をかけているという。

「わかんないけど、たぶんひとつ何十万とかの世界で。俺なんか、四万円のペンダント贈ったのが最高額だっていうのに」

高原君は、この近くのアパートでひとり暮らしをしている。音楽活動に割《さ》いている時間も多いので、経済的にはそれほど余裕がなさそうだ。このカフェでコーヒーを飲んだり食事をしたりするのは、本人いわく「リッチなひととき」だという。

「そんなにいやなら断ったら？　って言ったんだけど、『いらないって言っても持ってくるから。断るのも感じわるいし、べつに物に罪はないでしょ』って美雪さんが……やっぱり、女の人って、そういうもんなんですか？」

返答が難しい質問だ。

経験はないものの、すみれ自身は、好意を抱いていない、むしろプレッシャーを感じる相手からの贈りものには、高価であればあるほど拒否反応が増すだろうと思う。しかし正直にそう答えると、美雪さんの行為を否定しているように聞こえるかもしれない。たんに自分が美雪さんのように、物は物、と割り切って考えることができないだけかもしれないのだ。

「美雪さんもそこは、セールスのプロに徹しているんでしょうね」

「そう……ですよね。うん、そういうことだ。美雪さんは、凄腕のセールスレディなんだ」高原君が、自分を納得させようとするかのように、力強くうなずく。

美雪さんは、すみれより若いが苦労人だ。

彼女が育ったのは、シングルマザーの家庭だった。ところが、美雪さんが子供の頃、母親は男性と交際をはじめ、三人の子供を自分の母親、つまり美雪さんたちきょうだいの祖母へ預け、その男性と暮らすようになったのだという。

そういう身の上話を、美雪さんは自分ですみれに語った。

長女の美雪さんはパートに出ている祖母を支え、自らが弟と妹の母親代わりとなってふたりの面倒を見た。だから料理も得意なのだと、これは美雪さん本人の口からではなく、高原君が誇らしげに語るのをすみれは聞いている。

その祖母も病気になって働けなくなり、美雪さんは高校を卒業後、保険のセールスレディとなってひとりで家族を支えてきた。高原君は、彼女のそういうところを人間としても尊敬しているのだ。

美雪さんは面倒見がいい。高原君といまもこうしてつき合っている理由のひとつはそれではないか。

自分なら、結婚を考えている相手が定職にもつかず、不安定な夢を追いつづけていたら、考え直して欲しいと思うだろう。そうでなければ、自分のほうが考えを改める。結婚を見据えたうえで許容できない相手とは、交際をつづけられない気がする。美雪さんはきっと、すみれよりも心のキャパシティが大きいのだ。

すみれがそこまで考えたところで、いきなり、高原君が大声を出した。

「あっ、そうか！」世紀の大発見をしたような顔だ。「ミュージシャンになるのは無理でも、プロポーズなら、いまからでもできるじゃん」

まちがってはいない。が、そうなると、さっきまでの話はなんだったのかということになってしまう。あまりに短絡的なうえ、本末転倒という言葉も当てはまりそうだ。

高原君は、すっかり自分の思いつきに気をよくした様子で携帯を操作したが、すぐに画面を見たまま、「え……」とフリーズした。さっきのがぬか喜びかと思える表情を浮かべている。

「三十万円……エンゲージリングって、こんなにするんですか。俺の二ヵ月ぶんの稼ぎがまるっと飛んじゃいますよ。どうしよう、俺、プロポーズさえできない……」

まっすぐな性格はいいが、これではいくら情の深い美雪さんにもあきれられてしまうのではないだろうか。デリケートな事柄ということもあり、おせっかいをするつもりはないが、心配にはなる。彼らふたりに好感を持っているからだ。

そのとき、高原君の背後から一冊の雑誌が差し出された。

「よかったらこれ、読んでみません？」

顔を上げた高原君が振り向いた先にいたのは、紙野君だった。

2

「あ……ありがとうございます」高原君は、表紙を見て雑誌を受け取った。

キッチンのなかにいた紙野君が、さっきそこを出て古書スペースへ向かったのを、すみれは見ている。高原君のために雑誌を選んだのはまちがいない。

表紙には大きくアコースティックギターの写真。タイトルもその表紙を裏切らないものだった。

「アコースティックギターの専門誌、ですか」すみれは高原君に訊ねた。

「そうですね。俺も何度か読んだことあるけど、この特集は知りませんでした」

表紙には「特集：ギターでメシを食う！　ギター関連の仕事15」という文字が読める。高原君は考え込むような顔になり、振り向いた。紙野君はもうそこにはおらず、すみれがいるのと反対のほうからカウンターのなかに戻るところだった。

「紙野さんも、俺の話、聞いててくれたんですね。それで、この特集を」

高原君が嚙み締めるように言い、すみれを見た。

「――すみれさん、忙しいのに、時間取ってすみませんでした。聞いてもらったら、だいぶすっきりした気がします。なんとか前向きにやってみます」

高原君はすみれに頭を下げた。

ほっとする。高原君に意見を言わずにすんだからでもあり、彼が少し冷静になったようにも見えたからだ。すみれがその場を離れると、高原君は、紙野君に手渡された雑誌を読みはじめた。

紙野君はそれを確かめるように目を向けると、洗い物をはじめた。

紙野君は古書店のお客様に対応する時間を除き、すみれのカフェを手伝う。すみれがその対価として紙野君に提供するのは、昼と夜のまかないと一日三杯のコーヒーだけだ。このすみれにとっての好条件を提示したのは紙野君だった。

三十六歳のすみれより五つ年下の彼とは、すみれがカフェを開業する前に修業のためにアルバイトをしていた新刊書店で出会った。すみれはそこに併設されたカフェで働いていて、紙野君は書店員だった。

アルバイトをはじめた時点で、すみれはブックカフェを開業することを決めていた。開業プランを同僚と話しているとき、紙野君が突然、その書店部分を自分に任せる気はないか、と話しかけてきたのだ。思いがけない提案だった。

カフェの開業に先立ち、すみれは三年間を修業と準備に充《あ》てると決めていた。毎年二軒のカフェを掛け持ちで一年ごとに店を替え、接客、料理、仕入れなどを学ぶ。そのとき、すみれはそこで働いてまだ半年だったが、紙野君は大学を卒業したときから、その中堅どころの書店チェーンに正社員として勤めていた。

優秀な書店員である、という話は同僚たちから聞いていた。文芸書をはじめ、人文、社会、ビジネス書といった文系の書物のみならずコミックにまで広く通じていたし、棚作りのセンスもよい。彼がＰＯＰを書いた本は、売上げがそれまでより確実に五割はアップすると言われていた。

しかし、紙野君がおなじ書店員たちからなにより一目置かれていたのは、お客様の問い合わせへの対応力だった。

書店へ本を探しに来るお客様のなかには、本の題名や著者、出版社などをきちんと把握していない人も多い。うろおぼえの人やおぼえちがいをしている人も、けっこう多いのだ。書店員が書いたエッセイで、来店客から『情事ＯＬの１９８４年』という本を探しているとメモを渡され、ジョージ・オーウェルの『１９８４年』かと確認したら、そう書いてあるでしょう、と言われたというエピソードを読んですみれは噴き出したことがある。なかには、「さっきテレビ番組で紹介してた、あの本ちょうだい」と、書店員にしてみれば雲をつかむようなリクエストをするお客様も珍しくないらしい。

ベテランの書店員でも目的の本を特定できないことは多い。だが、紙野君はちがう。ほかの書店員ではお手上げの問い合わせであっても、彼にかかれば百発百中、お客様のわずかな言葉を手がかりに、〝お探しの本〟をぴたりと的中させることができるのだ。

それだけではない。ときに彼は、そうしてお客様が探している本を特定したあとで、「お探しの本が見つかってよかったです。でも、もしかしたら、こちらの本もお役に立つかもしれません」と、探していたタイトルとはべつの本を差し出すこともあった。けげんに思いながらもお客様はその本を購入し、そして――つぎに店に来たとき、感謝とともに紙野君にこう言うのだ。自分が本当に欲しかったのは、あなたが薦めてくれたあの本だったのだ、と。

紙野君のような書店員をほかに知らない——同僚たちはそう口をそろえた。紙野君とはとくに親しい関係ではなかったし、そもそも新刊書店で働きぶりを評価されている彼がその職場を捨て、不安定なブックカフェに興味を持つのは不思議なことのようにすみれには思えた。

その疑問をぶつけてみると、「そんなに不思議ですか」と彼は言った。「俺、学生時代はずっと古本屋でバイトしてたんです。意外と多いらしいんですよ、新刊書店で勤めても、一度経験した古本の世界へ戻っていく書店員って」

そしてもうひとつ、大きな理由があるのだという。

「俺には叔父がいます。ずっと古本屋をやってたんですが、身体を壊して店を畳むことになったんです。で、在庫の約二万冊の本を、ただで譲ってくれることになって、せっかくだからそれを売ろうと」

しかし単独で古書店をはじめるのもリスクが大きい。迷っていたところ、すみれがブックカフェを開業しようとしているのを知って思わず声をかけたというのだ。

最初はおどろいたものの、考えてみればすみれにとってもメリットのある話だった。ブックカフェを開こうと考えたのは、自分自身、カフェで読書するのが好きだからだが、調べてみると、本の販売もするカフェを開くのは思っていたより簡単ではなかった。とくに新刊を扱うとなるとハードルが高い。最近では直取引をしてくれる出版社も増えてきているようだが、基本的に、取次と呼ばれる問屋なしには仕入れが困難なのだ。そして、取次と取引をする口座を開くためには高額な保証金が必要となる。だから、古物商許可をとって古本を並べた古書カフェにすることを考えはじめたところでもあった。人手をどうするかという問題にも直面していた。

当初、店はひとりで切り回すつもりでいた。人を使うよりもそのほうが気楽な性分だし、なにより、飲食業をつづけるうえで最大のリスクとなる人件費を抑えるためだ。が、本の販売まで手がけようと思えば、どうしても人を雇う必要がありそうだった。

すみれの信用を得るため資産状況がわかる資料まで用意してきた彼の提案を受け入れて一緒に開業の準備を進め、店を開いて三ヵ月。これまで、紙野君とはトラブルらしいトラブルもなくやってきていろし、基本的に恬淡《てんたん》とした彼の人柄についても知ったつもりになっていた。

しかし、紙野君はまだその本領を発揮していなかったのである。

ほかのお客様の対応をしながら、すみれは、高原君の様子を気にかけていた。

紙野君が渡した雑誌を、彼は夢中になって読んでいた。プロのミュージシャンになるのが難しくても、大好きな音楽で生活してゆく手段が見つかれば、堂々とプロポーズできる。そう考えているにちがいない。

やがて高原君は雑誌を閉じ、裏表紙を深刻な顔つきで眺めた。すみれにも見えたそこには、一面に中古ギター専門店の広告が載っている。「安く売ります！　高く買います！」というコピーが大きく躍っていた。

高原君が顔を上げた。紙野君は、キッチンを出て古書スペースへ向かうところだ。

「ありがとうございました、紙野さん」高原君が声をかける。「ただ読みは申し訳ないんで、買います」

「いいですよ、気にしないで」紙野君が答える。

「いや。俺、これ読んで、覚悟、決まりました。背中押してもらった気がするんで、記念に買っていきます」

紙野君は「じゃあ」とうなずくと、作業台の上に置かれたレジで会計をし、紙袋に入れた雑誌を高原君に渡した。紙野君が印刷所に頼んで作った店のオリジナルで、小さな花のイラストがあしらってある。すみれがなんの花か訊ねたら、紙野君は「もちろん菫《すみれ》です」と答えた。

「すみれさん、俺、気づきました」高原君がすみれを見る。「これまでずっと、自分の夢ばかり追ってきて、美雪さんの夢を叶えようとしてなかったことに。美雪さんに甘えっぱなしだった。駄目なやつですよね。でも、もう覚悟決めます」

高原君はホットアップルサイダーの会計もすませると、雑誌をバッグにしまい、ワークジャケットをつかんでなにやら急ぐ様子で店を出て行った。彼が出て行ったドアを、すみれはしばらく眺め、「びっくりしたよ」と紙野君に言う。

「なにがです？」

紙野君がかすかに首をかしげた。

「あんな雑誌が、タイミングよくピンポイントに置いてあるということに」

すると紙野君はこともなげにこう言った。

「そこが古本屋の面白いとこです。あの雑誌は半年前に出たものだから、まだ情報は腐ってない。でも新刊書店には並んでません。新刊書店は、ちょっと、流れが速すぎる」

あのタイミングで、浮き足立ってわれを忘れそうになっていた高原君を落ち着かせ、人生の一大決心をうながすような雑誌をばっちり差し出したことについては、まるで当然であるかのような態度だ。

そのとき、入口のドアが開いて、新しいお客様が入ってきた。

「いらっしゃいませ」すみれは声をかける。

「こんにちはー」

入ってきたのは、高原君の想い人、美雪さんだった。

カジュアルなダウンジャケットの下には、ざっくりしたオーバーサイズのセーターを着て、レギンスにムートンブーツ。

「仕事ではちゃんとスーツ着てるけど、あたし、根はギャルなんで」

自らのオフのファッションについて、美雪さんはいつかそう語っていた。

明るい色に染めた肩までの髪をストレートにした彼女は、かわいらしいというよりはかっこいいというタイプの女性だ。ほとんどメイクをしていなくても、目鼻立ちがはっきりした、華のある顔立ちをしている。男性の顧客に異性として固執されるのも――彼らに共感するわけではないが――不思議ではないと思える外見だ。

「あれ、淳平、帰っちゃいました？」店内を見渡して彼女が言った。「すみれ屋さんに行くってメッセージが来てたんだけど」

「ええ、ついさっき」すみれは答えた。

「そっか。まあ、あたしも行くって言わなかったから。ひとり、お願いします」

すみれは美雪さんを、さっきまで高原君が座っていた一番奥のカウンター席へ案内した。水と紙おしぼりを運ぶと、美雪さんはメニューも見ずにオーダーした。

キャラメルミルクティーとレモンメレンゲタルト。紙野君にタルトのセッティングを頼み、ドリンクを作る。

少なめのお湯とミルクで紅茶葉をじっくり煮出し、仕上げに、作りおきしてあるキャラメルシロップを加えれば完成だ。アッサムの濃厚な茶葉とミルク、それにキャラメルの香りが甘くたちのぼる。大きめのカップに注ぎ、紙野君が皿に載せてくれたレモンメレンゲタルトと一緒にそっとカウンターに置いた。

「あー、あったまるう」

美雪さんは、カウンターに両肘をついてカップを両手で包むように持ってひと口飲むと、温泉に浸かったような感慨を漏らした。

「癒やしだよねえ。すみれさんの淹れたキャラメルミルクティーは」

「そう言ってもらえるとうれしいです」

癒やしは、すみれが客としてカフェに求めるもののひとつだ。

学生の頃から、友人たちとカフェへはよく行っていたが、社会へ出ると、ひとりで利用することが多くなっただけでなく、そこへ求めるものも少し変わった。

仕事の合間にほっとできる休憩場所、外出先のオフィス、仕事を終えたあと、ゆっくりと心のなかでスーツを脱ぎ、個人としての自分を取り戻す場所。すみれにとって、カフェは、大人がひとりで自分らしくいられる空間という意味合いが強くなった。

ときに避難所となり、ときに仕事場となることもあるが、やはりそこはいつでもリラックスできる場所であって欲しい。人は、家にこもっているより、他人のなかにひとりでいるほうがくつろげることもある。すみれは経験的にそう考えていて、自分の店はそうした快適さを提供できる場でありたいと思っている。

「淳平、なんか言ってました？」

美雪さんに訊かれ、すみれはどこまで話してよいものかとっさに考える。

「もうすぐクリスマスですね、って。高原さん、美雪さんと交際をはじめたときのことを思い出してました」

美雪さんは「ふーん」とあいづちを打って、

「あ、すみれさん。淳平から、あたしへのクリスマス・プレゼントのこと、なにか聞いてるなら、言わないでくださいね。お互いいつも、サプライズにしてるから」

「わかりました」

先ほどの高原君の言動から、すみれは彼のプレゼントを推測している。はっきり聞いたわけではないが、いずれにせよすみれの口から言うようなことでもなかった。

「うーん。ほんと、すみれさんのスイーツは最高。いいなあ、こんなに上手に作れて」

カフェで出すスイーツは、ほかのフードメニューとおなじくすみれの手作りだ。

レモンメレンゲタルトは、アメリカンタルトの定番である。

タルト生地に、コーンスターチにすり下ろしたレモンの皮や果汁などを混ぜたレモンフィリングを流し入れて冷やしたものに、メレンゲをたっぷり山型に載せ、焼き色がつくまでオーヴンで焼いて、また冷やす。

タルト類はどっしりした食べ応えのものも多いが、これはメレンゲの軽やかな食感とレモンフィリングの酸味があいまって、爽やかな食べ心地を約束してくれる。なにかを悩んでいるのが愚かしく思えてくるような陽性のお菓子なので、いつも、お客様にそう感じてもらえるような仕上がりを目指している。

「高原さんはいつも、美雪さん、料理上手だって自慢されてますよ」

「たんなる慣れとかキャリアかも。あたしがやらないと、弟や妹にひもじい思いさせちゃうから。残念だけど、お菓子まで手作りしてあげられる余裕はなかったかな」

美雪さんは寂しそうな表情になった。が、すぐにまた明るい声で、

「でも、聞いて聞いて。あたしが頑張って育てた甲斐があって、弟は大学出てちゃんとした会社に就職してるし、妹は来年美容師の専門学校を卒業するんですよ。就職先も決まったの。すごいでしょ？」

「すごい。おめでとうございます」すみれは本心から言う。

「いやー、われながらいいお姉ちゃんだわ、美雪ってば」

美雪さんは、照れを隠すようにおどけてみせた。彼女のそういうところを、すみれは人としてかわいらしいと感じる。自分にそういう愛嬌がないからかもしれない。

「すみれさん、あたしが今年のクリスマス・プレゼントに欲しいもの、わかります？」

高原君の話を聞いたので、こちらも予想はつく。が、口に出すのはためらわれた。

「なんですか」

「エンゲージリング」

美雪さんの答えは予想どおりだったが、すみれの内心は平静というわけにはいかなかった。

「今年のクリスマスはもう無理だと思うけど」美雪さんは真顔になる。「ずっと、お母さんになるのが夢だったんですよね。専業主婦になって、子供が小さいうちはいつも一緒にいたいって。でもそれって、贅沢な望みなのかな」

すみれが見聞きするかぎり、いまのご時世、専業主婦というのは少数派なのではないか。当人の意思はともかく、夫婦のどちらか一方の収入だけで暮らしていくのは簡単ではないという現実の壁が立ちはだかっている印象がある。知人で専業主婦をしている女性の夫は、軒並み高収入だ。

「一番は経済的な問題ですよね」

「そこなんですよねえ」美雪さんが目を落とす。「けど、弟や妹が、自分たちはもう自力で稼げるから、お姉ちゃんは無理しないで好きなようにして、幸せになれって。そう言ってくれたんですよー。いいきょうだいでしょ」

美雪さんは笑顔になった。瞳が潤んでいるようにも見える。

「だから決めました、これからは自分の夢というか望みにもっと目を向けようって。そしたら、弟の龍太が、『わかった。なにがあっても俺が責任持って応援するから、姉ちゃんは思いきって飛び込め』って言ってくれたんです。ふだんはすごく口がわるいけど、ほんといい子で……」

美雪さんは指先で目の縁をそっとぬぐう。そして、「ごめんなさい」と笑ってみせた。

いいなあ、と思う。すみれには故郷に三歳年上の兄がいて、昔から仲はよかった。とはいえ、美雪さんのきょうだいのような強い結びつきはない。彼女のこれまでの苦労は、きっと報われている。

着信音が鳴った。美雪さんの携帯だ。

すみれ屋ではいまのところ携帯の使用を禁止していない。これまで、周囲を気にせず大声で長時間話すようなお客様もいなかった。

美雪さんが電話に出る。「美雪です。こんにちは」

声を落としていることもあるのだろうが、さっきまでよりテンションが低い。

「――まーたその話ですか。何度言ったらわかるんですか。社長？　クリスマスは先約があるから無理です。一緒に夜景のきれいなレストランでディナーはできません。彼氏とデートって言ってるじゃないですか。いやどこでなにするかとか訊かないでください。教えません。話？　しますよ。当たり前じゃないですか」

すみれと目が合うと、顔をしかめて見せた。会話を楽しんでいないのは明らかだ。

「あたし、約束は死んでも守りますから。ふた股？　しません。けじめ？　もちろん。逆にそれができない男はお断りですよ。あたしもうこれ以上寄り道してる余裕ないので、自分の幸せを追いかけることに決めたんです。あんまりおんなじことしつこく訊かれると、社長に会いに行く足が重くなっちゃいますよ」

なかなかすごみのある口調だ。

「わかればいいです。この件で、もうこれ以上電話してこないでください。はい。はい。――え？　いや愛してもいないのに、そんなこと言えないです。はーい。さよなら」

美雪さんが電話を終えた。

「はー、疲れる」彼女は大きく息を吐いてすみれを見る。「お客さんなんです、いまの相手」

そうかもしれないとは思ったが、それにしてはなんというか、相手との距離感が近すぎるようにすみれには感じられた。敬語こそ使っているものの、相手によっては、客を客とも思わない、と非難されてもおかしくない。

ただ、だれに対してもいまのような応対をしているのではなく、まさに「相手によっては」というあしらいをしていたのではないかとも思えた。ひょっとしたら、通話先は、先ほど高原君が言っていた、輸入会社の社長なのではないか。

「飛び込みで契約が取れたのはよかったんだけど、そのあとがしつこくて。何度も誘われたから一度だけ食事にご一緒したら、結婚を前提につき合ってくれ、彼氏とは別れろって。すごく強引なんです。それからはプレゼント攻勢が」

美雪さんは、カウンターの上にショルダーバッグを載せた。ブランドものに興味のないすみれでもすぐわかる、イタリアの高級ブランドのロゴがついていた。

「いいお値段しそうですね」すみれはそう感想を述べた。

「輸入会社をやってるから、安く手に入るみたい。まあ、お金も持ってるみたいですけど」美雪さんは考え込むような顔になる。「――そうだ。プレゼント決めなきゃ」

バッグのなかから何冊かのパンフレットを取り出した。すみれが作業のためにカウンターを離れ、戻ったときにもまだその一冊に目を通していた。スピーカーのような写真と、アンプ、という文字が見て取れる。キャラメルミルクティーをすする美雪さんと目が合った。

「あ、すみれさん。これ、内緒にしてくださいね、淳平には」

「アンプ、ですか？」

「そう。アコースティックギターの。いま使ってるのが壊れたって、淳平のやつ言ってたから。あいつ、ギターもアンプもひとつずつしか持ってないんですよね」

どうやら高原君の心配は杞憂に終わったらしい。美雪さんは、彼が音楽活動をつづけてゆくことに、少なくとも反対はしていないようではないか。

「内緒にします。でも――美雪さん、高原さんのこと応援してるんですね」

すると美雪さんは、少し複雑そうな表情になった。

「嫌いにはなれないし、つき合うことにしたのも、夢に向かって頑張ってるところが、かっこよく見えたから。それを言い訳にして自分の夢をあきらめようとしてた、って最近気づいたけど、あいつの夢はあいつの夢で応援してやりたいとは思ってます」

美雪さんが、パンフレットのページをめくる手を止める。

「淳平の作った歌に、こんな歌詞があるんですよね。『見るだけじゃ夢は叶わない。たとえどんなに遠く、小さく見えても、信じて飛べばきっと星まで橋が架かるよ』って。なかなか素敵なフレーズでしょ。あたしも――信じてみることにしました」

美雪さんは微笑んで、フォークで切り分けたレモンメレンゲタルトを口に運びながら、またパンフレットに目を落とした。

すみれはそっとその場を離れる。

美雪さんは、今年はまだ無理でも、専業主婦になって子供を産み、お母さんが家にいる家庭を作るという夢をあきらめないことにした。しかし高原君の音楽活動は引きつづき応援する。高原君にもう少し猶予を与えて、彼がミュージシャンとして生活していけるようになったら結婚する、そう決めたのだろう。

「よしっ、これに決定！」しばらくすると、美雪さんが言った。

「決まりましたか？」

「うん。いつかあいつが欲しいって言ってたやつ。けっこう高いんですけどね。このさいだから、奮発してやろうかなって」

美雪さんの言葉に、すみれは、女っぷりのよさを感じた。

そのとき、「あの、ちょっといいですか」と、美雪さんの斜め後ろから声がかかった。

声の主は、紙野君だ。

「なんですか、紙野さん」

美雪さんの前に、紙野君が手にしていたものを置いた。

薄い文庫本だ。表紙には『O・ヘンリ短編集（二）』というタイトルが記されていた。美雪さんがけげんそうな顔をする。紙野君は、表紙に近いページをめくって、

「よかったら、この話、読んでみてください」と聞いたところを指さした。

どうやら目次のなかの短編のタイトルを示したらしかったが、すみれのいるところからは見えなかった。

「これ、なんですか……？」

「小説です」紙野君が答える。「O・ヘンリは、アメリカの昔の作家で、短編の名手として知られてます」

美雪さんがいよいよけげんな顔になる。彼女が知りたかったのは、たぶん、そういうことではない。

「でも、あたし……小説とか、ほとんど読んだことないし」

「大丈夫ですよ。翻訳はちょっと時間が経ってるから、とっつきにくいかもしれないけど、みじかいから」

美雪さんが顔を上げ、紙野君の目をとらえた。

「紙野さん。どうしてこれを、あたしに？」

「本を読まなくても、人間は充分幸福に生きてゆける。でも僕は信じてるんです。たった一冊の本が、ときには人の一生を変えてしまうこともあるって」

紙野君は、眼鏡の奥から美雪さんの目を静かに見返して、そう答えた。

美雪さんが、目の前の本に手を伸ばす。

「じゃあ、読んでみます。読むの遅いから、買っていきますね。いくらですか？」

高原君が雑誌を買うと言ったとき、紙野君は一度は辞退した。が、今度はそうしなかった。

「百円です」

美雪さんが支払い、紙野君は文庫本を紙袋に入れて彼女に渡した。

すみれは面食らう。

そもそも美雪さんは、本を買うどころか、読もうとさえしていなかった。そんな彼女に、紙野君は、物腰こそ穏やかだが、強引と言ってもさしつかえないやり方で本を一冊買わせてしまった。少々問題だ。

顔を見るかぎり、美雪さんの疑問は氷解していない。これまでのつき合いを考慮して、波風を立てぬよう、百円という少額ならとお金を支払ってその場をやりすごしたのではないだろうか。

「美雪さん」すみれは声をかけた。「無理しないでくださいね。紙野君も好意でおすすめしたと思うんですけど、オーナー権限でキャンセルはお受けしますから」

お客様の前で言い争うようなことはしたくない。紙野君とはあとで話し合おう。すみれはまず目の前のお客様のフォローに徹することにした。

「びっくりしたけど……大丈夫ですよ。なんかすごく読みたくなっちゃった」

美雪さんは笑い、しばらくすると、会計をすませて店を出て行った。

3

古書カフェすみれ屋の営業時間は、昼の十一時から夜十時まで。午後三時半から五時まではアイドルタイムだ。が、その間も仕込みに追われている。

片づけや経理など周辺作業の時間を入れると、実働時間は十五時間くらいだろうか。安定した経営のため、すみれは高い売上目標を掲げていた。達成するにはある程度の営業時間が必要となるが、体力面では現状、問題を感じていない。自分の店なので、長時間働くこと自体はまったく苦にならなかった。

営業時間が終わり、片づけをすませたあとで、すみれは紙野君に話し合いの時間をもらった。テーブル席に向かい合って座る。

「今日の、美雪さんのことなんだけど。彼女に本を薦めたのは、どういう意味があったのか、教えてもらっていい？」

「彼女にあの本が必要だと思ったんです」

「どうして？」

すると紙野君は席を立ち、古書スペースへ向かうと、陳列台から平積みになった本を一冊取って戻ってきた。テーブルに本を置く。『O・ヘンリ短編集（二）』。新潮文庫。さっき美雪さんに売ったのとおなじ本だ。小規模な古書店には珍しく、紙野君は、おなじ本を複数店頭に出していることがあった。

陳列台の上では、新刊書店のように、紙野君がフェア展開していることが多い。今回のフェアはずばり「クリスマスにお薦めの本」。『O・ヘンリ短編集（二）』もそこに置かれていたのだ。

「この本のなかに、答えがあります」

「――教えてくれないということ？」

紙野君はうなずいた。

すみれ自身もあまり感情を表に出すほうではないが、紙野君はときどき、それが過ぎて謎めいてさえ見える、と思ってはいた。

「紙野君は紙野君の考えにしたがって、美雪さんにこの本を薦めた。それはわかりました。でも、読んでもらうだけでは駄目なの？」

「彼女には買って欲しかったんです」

「わたしには、やり方が少し強引に思えたんだけど。今後、ああいう売り方はやめてもらえる？」

「それは――その答えは、クリスマスが終わるまで、待ってもらえないですか」

「どうして……？」

「俺がまちがってるかどうか、そのときわかります。まちがってたら、もうあんな売り方はしないと約束します」

「その判断はだれがするの？」

「そのときが来たら、すみれさんにもわかります」

紙野君には頑固なところがある。これ以上議論をつづけても、彼が考えを翻すことはないだろう。ただし、嘘をつく人でもない。約束は守るはず。

「わかった。話はおしまい。時間を割いてくれて、ありがとう」

「いえ」

「ところで、その本、わたしも買う」すみれは文庫本を指さした。


紙野君にはとても及ばないものの、ブックカフェを開業したくらいだから、すみれも本を読むのは好きだ。

新潮文庫から出ているO・ヘンリの短編集は一巻から三巻まであり、以前ひととおり読んだ。が、ほとんど内容を忘れてしまっている。本も手元にない。

すみれは、紙野君から謎をかけられていると感じていた。

なぜこの本を美雪さんに薦めたのか。紙野君が彼女に読むよう薦めたのは、短編集のなかのどのタイトルなのか。本を買ったのは、その謎を解いてやろうという意気込みからだった。

すみれ屋の開業と時をおなじくして近くのアパートに引っ越してきた紙野君を送り出し、店を閉めると、店の入口のすぐ横にある玄関を入って、二階へつづく階段をのぼった。二階には和室がふた部屋とトイレ、風呂がある。そのひと部屋を寝室として使っていた。すみれにとって、この家は守るべき城だ。

寝室には、畳をフローリングに改装してベッドを入れた。風呂に入ったあと、すみれはそのベッドに寝転んで紙野君から買った『O・ヘンリ短編集（二）』を開いた。目次の一ページ目には、つぎのような表題が並んでいる。

賢者の贈りもの
アイキイのほれぐすり
手入れのよいランプ
睡魔との戦い
「黒鷲《ブラック・イーグル》」の失踪
人生は芝居だ
ハーレムの悲劇

詩人と農夫
マディソン・スクエア・アラビアン・ナイト
千ドル

題名を見て内容を思い出せるものは、ひとつしかなかった。O・ヘンリの短編のなかでは、たぶん「最後の一葉」と並んでよく知られている「賢者の贈りもの」だ。クリスマスイブの夜、ニューヨークに住む若くて貧しい夫婦が、お互いにプレゼントを贈り合おうとする。が、家計に余裕がなく、愛し合うふたりはどちらも相手が欲しがっているものを買うためのお金を持っていない。そこで彼らは――。

すみれははっとする。早くも紙野君の謎かけの答えがわかってしまったようだ。いわば答え合わせのつもりで「賢者の贈りもの」を読んだ。

すみれはこんなふうに推理した。

三年前のクリスマスイブ、高原君は、三年後、プロのミュージシャンになって結婚を申し込むことを美雪さんに約束した。

けれど三年が経ったいま、約束を果たせる見込みは低い。せめてプロポーズだけでもと考えたが、エンゲージリングの値段を見て絶望する。とても自分に手の出る金額ではなかったからだ。

そのとき、紙野君がアコースティックギターの専門誌を彼に見せた。シンガーにはなれなくても、ギターの腕を生かして生活の手立てを見つけることができれば、高原君は美雪さんとの約束を守れたと言えるのではないか。紙野君のその狙いどおり、高原君は決断した。音楽で生計を立てることを前提に、美雪さんにプロポーズすることを。

それでもエンゲージリングの購入資金が足りないという事実に変わりはない。だがその問題を解決する答えは、高原君が読み終えた雑誌の裏表紙に書かれていた。そう――中古ギター専門店の「安く売ります！　高く買います！」というコピーとして。

高原君は、自分の唯一の財産である高級アコースティックギターを中古ギター専門店に買い取ってもらい、そのお金で美雪さんのためにエンゲージリングを買うという覚悟も決めたのだ。

いっぽう美雪さんは、高原君のために、ギターにつなぐアンプをプレゼントしようと考えている。ところが、美雪さんが高原君にアンプをプレゼントしても、高原君の手元にはもはや、そこにつなぐべきギターは存在しない――。

互いを思い合ってしたことが、不幸な形ですれちがう。それも、よりによってクリスマスイブに。紙野君はきっと、この悲劇を予見したのだ。

高原君に雑誌を薦めたことで、自分にも責任があると考えたのだろう。だから、その悲劇を未然に防ぐべく、この本に収められた「賢者の贈りもの」を美雪さんに薦めた。そう考えると、辻褄が合う。

サプライズなので互いのプレゼントを教えてくれるな、と美雪さんがすみれに言うのを、紙野君も聞いていたのだろう。この方法なら、ぎりぎりとは言え、その要請に反することなく、美雪さんに悲劇を示唆することができる。紙野君も考えたものだ。

『O・ヘンリ短編集（二）』を読めば、美雪さんには紙野君のメッセージが伝わるだろう。彼女の性格なら、そのことをすみれにも話してくれるのではないか。

すみれは翌日から、それを期待して美雪さんの来店を待った。が、クリスマス当日まで、美雪さんが店を訪れることはなかった。

4

クリスマスイブの夜を、すみれは店で過ごした。

すみれ屋ではビールやワイン、簡単なカクテルなどのアルコールも提供する。つまみになるようなメニューも用意していた。夜の売上アップを目論んでのことだ。

開店した当初はランチやソフトドリンクがまさっていたが、三ヵ月が経つ頃にはアルコールやつまみ類のほうの売上が迫いついてきている。クリスマスイブはカップルや友人同士などのお客様で、閉店までにぎわった。

すみれはクリスマスの特別メニューをいくつか用意した。メインとなるのは、バターミルクフライドチキンとビーフステーキだ。

フライドチキンはアメリカ南部の伝統的な料理である。学生時代すみれが留学していたのはワシントン州のシアトルだったが、大学でジョージア州出身の女性と親しくなった。休暇にほかの友人たちとともに彼女の実家に招待されたさい、彼女や彼女の母親が作る伝統的なアメリカ南部の家庭料理を堪能し、レシピを教えてもらった。

アメリカ南部のフライドチキンでは骨付きの鶏肉を使うのが基本なので、鶏を一羽まるごと単位で仕入れて自分で解体するところからはじめる。牛乳の酸味ととろみを増したようなバターミルクはアメリカではよく使われているが、日本ではフレッシュなものは入手が難しいので、パウダーを牛乳に溶かして代用する。

切り分けた鶏肉を、さまざまなスパイスと調味料を加えたバターミルクに漬け込んでひと晩寝かしたものに衣をつけ、たっぷりの油でじっくり時間をかけてジューシーに揚げる。親しみやすい家庭の味だが、手間をかけて下ごしらえすることで風味豊かに柔らかく仕上がるし、しっかりごちそう感も出る。

ビーフステーキも、脂の少ない赤身肉を使ったアメリカ風のものだ。ランプの大きな塊を冷蔵庫で簡易的に熟成させ、分厚くスライスしたものに塩を振って焼き目をつけたら、スキレットという鋳鉄製の肉厚のフライパンに載せたままバターを溶かし、オーヴンでミディアムレアに火を通して粗塩と粗挽き胡椒をかける。

じゅうじゅうと音をたてる熱々のスキレットごとテーブルへ。表面はかりかりで香ばしく、嚙み締めるとジューシーな旨みが口いっぱいに染み渡る、肉の美味しさをストレートに味わえるひと品だ。

クリスマス特別メニューはいずれも好評で、この夜は、降り出した雨が雪へと変わる、うれしいハプニングにも恵まれた。すみれ自身はロマンティックなこととはここ何年か無縁でいるが、すみれ屋でクリスマスを祝う恋人同士には素敵なプレゼントだ。

高原君は無事、美雪さんにプロポーズをしたのだろうか。美雪さんはそれを受けたのだろうか。「賢者の贈りもの」さながらの、プレゼントのすれちがいはなかったろうか。ふたりのことも、すみれは思わずにはいられなかった。

翌朝。

すみれがいつものように朝一番の仕込みをすませたタイミングで、茶色い革のジャケットに長いマフラー姿の紙野君が出勤してきた。

すみれ屋の右手の壁の向こうは五坪程度の細長い空間になっていて、テーブル席の奥のドアから出入りできる。紙野君が古書の在庫置き場として使っている倉庫だ。紙野君はそこから本を出して本棚に挿《さ》したり、入れ替えたりして開店の準備をはじめた。

落ち着いたと思われるタイミングで、すみれは彼に声をかけた。

「紙野君、ひとつだけ教えて」

「なんです？」本棚から抜いた本に目を通していた紙野君が、こちらに目を向ける。

「二週間くらい前に、紙野君が美雪さんに薦めたO・ヘンリの短編のこと」

紙野君が、ああ、というような顔をする。

「あれ、『賢者の贈りもの』でしょう？」

紙野君は、すみれを見たまま、しばらく考えた。そして言った。

「ちがいます」

「え……!?」

てっきりそう思い込んでいたので、『O・ヘンリ短編集（二）』はまだ、冒頭の「賢者の贈りもの」しか読んでいない。

「じゃあ、どの話だったの？」

「それは――内緒です」

紙野君て、あんがい、いじわるだ……。そんな言葉が胸の内に込み上げてくる。

「美雪さんがお店に来たら、教えます」

紙野君は、話は終わった、というように、手にしていた本にふたたび目を落とした。

すみれの推理は、紙野君が美雪さんに薦めた短編が「賢者の贈りもの」だったという前提で組み立てられている。そうでなかったとしたら、すべてが崩れ去る。

紙野君が薦めたのはいったいどの小説で、どんな意味が込められていたのだろう？

まだクリスマスのフェアが展開されている陳列台へ向かった。が、そこにはもう、『O・ヘンリ短編集（二）』は置かれていなかった。開店前の忙しい時間帯、二階の寝室まで取りに行く気にはなれない。確かめる余裕もない。

悶々とした気持ちを抱えたまま、すみれは店をオープンさせた。


ありがたいことに、そのクリスマスの午後、美雪さんが店にやって来た。

前回とおなじく、ひとりだ。すみれは内心の興奮を抑えて、彼女を前回とおなじカウンターの奥の席へと案内した。

紙野君は陳列台に置かれたノートパソコンに向かっている。彼はインターネットでも古書を売っている。その作業をしているのだろう。

いったん席に着くと美雪さんはすぐ立ち上がり、陳列台のほうへ向かった。紙野君の横で立ち止まると、こんにちは、と声をかける。

紙野君が美雪さんのほうを向き、こんにちは、と返す。

「紙野さん、ありがとうございました。読んでみて、わかりました。紙野さんがあたしに、あの小説を薦めてくれたわけが」

「……そうでしたか」紙野君の表情はあまり変わらなかった。

「これ、ささやかですが、あたしからのお礼です」

美雪さんは、手にしていた細長い手提げ袋を紙野君に差し出した。

「いいんですか」

「どうぞ」

「では」

ありがとうございます、と紙野君は紙袋を受け取った。

美雪さんがこちらに戻ってきて席に座った。すみれが水と紙おしぼりを出すと、彼女は前回とおなじ、キャラメルミルクティーとレモンメレンゲタルトをオーダーした。

すみれは、頭のなかいっぱいにふくれ上がっていた疑問符を閉め出してドリンク作りに集中した。注文の品をサーブしたすみれがカウンターのなかに戻ると、美雪さんが声をかけてきた。

「紙野さんのおかげで、淳平と別れずにすみました」

すみれは目をしばたたかせた。彼女が当然の前提のように語っていることは、すみれにとっては寝耳に水である。

「あれ、びっくりしてます？　どっちに？　別れなかったこと？　別れようとしてたこと？」

「後者のほう、です」

「そうか……やっぱりすみれさん、気づいてなかったんだ。そんな気がしてたけど。少しお話ししてもかまいません？」

タイミングよく、と言っていいものか、店は混んでいなかったので、すみれはうなずいた。本心を言えば、聞きたくてたまらなかったのだ。

「今年のクリスマスイブに、あたし、淳平と別れる気でいたんです——」

美雪さんはそう語り出した。理由は、高原君が三年前の約束を守れそうになかったから。プロのミュージシャンになるのが簡単でないことは美雪さんも理解している。でも、もし本気で美雪さんを好きなら、自分の夢を追うだけでなく、美雪さんの夢についても考えてくれるはず。

けれど美雪さんは彼にその変化を認めることができなかった。自分から指摘するのでは意味がない、というのが美雪さんの考えだ。

「だから、つき合いはじめたときとおなじクリスマスイブに、きっぱり別れようって」

飛び込み営業で輸入会社の社長と出会ったのは、そう決心したあとのことだ。

以前のストーカーのこともあるので、相手のしつこさに最初は警戒心を抱いた。が、社長は、彼女を尾行して家までついて来たりすることはなかった。

「結婚を前提に交際してくれ、何度もそう言われるうち、だんだん、つき合ってもいいかな、って思うようになって」

結婚は理想的にはロマンスの延長線上にあって欲しい。が、その理想がかならずしも幸福と結びつくわけではないことは、すみれの年齢になれば見聞として知っている。結婚はたんなる恋愛のゴールではなく、法に基づく契約だ。お互いの利害の一致するところを冷静に見極め、条件をすり合わせたうえで踏み切る、という行為はロマンには欠けるかもしれないが、そのほうがあらかじめ見越せるたぐいの不幸は避けられそうだ。もっとも、そんな考えだから自分はまだ独身なのかもしれないが。

すみれにはかつて、結婚を考えた恋人がいた。二十八歳のときに知り合ったおない年の男性だ。だが、すみれが三十三歳を迎える前に別れた。

陶芸作家をしていた彼は、仕事のために移住を考えており、すみれに、当時の仕事を辞めて一緒について来るよう求めた。悩んだ末、すみれは仕事を選び、その先の関係が見えなくなった彼とは別れた——円満に。

ひょっとしたら自分は、結婚するには愛情や情熱が不足している人間なのかもしれない、と、そのとき思った。皮肉なことに、その後すみれはその職場をリストラされ、新たな生計の道を考えなければならなくなるのだが、それはまたべつの話。

美雪さんにとって、結婚相手として見たとき、高原君は地に足がついていなかった。経済的な問題が生じるだろうことは容易に予想できる。その面をクリアしてくれる相手を選ぶという決断は現実的だ。

「でも、あたし、ふた股をかけたりとか絶対にできないので、クリスマスイブに淳平と別れてから、ってその人に約束したんです」

前回美雪さんがその人物を相手に話した電話の言葉を思い返す――「約束は死んでも守りますから」。

あのときすみれは、てっきり、高原君とのクリスマスイブのデートのことだと考えた。が、美雪さんによれば、その社長とつき合うという約束のことだったという。

美雪さんは「あたしももうこれ以上寄り道してる余裕ないので、自分の幸せを追いかけることに決めたんです」とも言っていたが、これはずばり、高原君と別れるという決意表明だった。弟さんも、彼女が夢を叶えることを応援してくれていると語り、高原君の歌の歌詞を引用したうえで、「あたしも――信じてみることにしました」とも言った。すべておなじ内容を指していたのだ。

すみれはことごとく勘ちがいしていた。

「ただ、後ろめたい気持ちもありました。そしたら、紙野さんが、この本を――」

美雪さんは、バッグのなかから『O・ヘンリ短編集（二）』を取り出した。薄い文庫本で、装幀はとてもシンプルだ。白地の余白を大きく取っており、一番上に明朝体でタイトルと翻訳者名が記されている。

画面の下半分に、エッチングのような、ベージュや生成りを基調としたイラストが四角く配されている。懐中時計、魚、教会にあるような釣り鐘、古めかしい物入れ。描かれているモチーフは西洋の近代的な事物のようだが、線にも色調にも強い主張はなく、どこか抽象的で上品な印象を与える。

クラシカルな、とても落ち着いた静謐なカバーだと思う。

「あのとき、紙野さん、こう言ってましたよね――『たった一冊の本が、ときには人の一生を変えてしまうこともある』って。あたし、まさに人生の一大決心をしたところだったから、読んでみようって」

ふだんは小説など手に取らない美雪さんだが、短編なら、と家に帰って読んでみた。

「びっくりしました。えっ、なにこれ、あたしのことが書いてあるの、って。このお話、ふたりの女の子が出てくるんですけど、ひとりがまさにあたしがしようとしていたような決断をするんです。でもその結果は、その子が夢見たようなものではなくて……。読んだあとで、じっくり考えて、思い直しました――やっぱり淳平と別れるのはやめようって」

気づいたのだという。自分が、約束というものにがんじがらめになっていたことに。幼い頃から母親に何度も約束を反故《ほご》にされ、その辛さを身をもって味わってきた。だから美雪さんは、人に約束したことは、なにがあろうと守るようにしてきたのだ。

「それと、もうひとつ。小さい頃から人に頼らないように生きてきたから、淳平にもあたしの夢のことも考えて、って言えなかったんだって。でも、勇気を出して、飛んでみることにしたんです――今度は、また淳平を信じて。すぐ社長に電話して、淳平と別れるのはやめたから、つき合う約束はなかったことにしてくださいって言いました」

相手は逆上して、美雪さんに「お前、死んでも約束守るって言ったじゃないか」と激怒した。それればかりでなく、つぎの日の夜、勤め先の保険会社の出口近くで美雪さんを待ち伏せすると、彼女に暴力を振るったのだ。大声で怒鳴りつけられ、突き飛ばされた美雪さんは転んで尻餅をついた。悲鳴を聞いた保険会社の警備員が気づいて相手を取り押さえ、警察を呼んだ。暴行の現行犯で彼は逮捕された。

その結果、おどろくべき事実が判明する。

彼が商品として扱っていたブランド品はみな、コピー商品だったのだ。

「あたしにプレゼントしてくれたものも、全部偽物でした」美雪さんは苦笑する。

彼女が今日持ってきたのは、ブランドものではない、カジュアルなバッグだった。

「冷静に考えればうさん臭い人だったのに、すっかり騙されちゃった。焦って、目がくらんでたんですよね。淳平には、ゆうべ、全部打ち明けて謝りました」

「高原さんは、なんて……？」

「怒られるかと思ったけど、逆に謝られちゃって。『約束守れなかった俺がわるいんです』って」

高原君らしい反応だ。だが、それだけではなかった。ふたりが食事していたレストランで、高原君は席を立ち、美雪さんの横で膝をつくと、彼女に向かって両手で小さな箱をうやうやしく差し出し、こう言った。

「美雪さん、俺と結婚してください――！」


この日まで美雪さんには打ち明けずにいたが、高原君は、美雪さんの夢を叶えるための一歩をすでに踏み出していた。アルバイトとして働いていた建設会社にかけ合って正社員として採用してもらい、現場監督の見習いをはじめていたのだ。

「淳平がそうしたきっかけも、紙野さんだったんです」美雪さんが言う。

「あたしとすれちがいになったあの日、紙野さんが薦めてくれた雑誌を読んで、淳平、思ったそうです――ギターで妻子を養っていくのは現実的じゃない、だから、プロのミュージシャンになる道はすっぱり断念することにしたって」

美雪さんは、高原君が差し出した箱を受け取って、蓋を開けた。真珠色のクッションの中央に、銀色に輝く指輪が鎮座している。エンゲージリングだ。

「――ありがとう。これまでもらったなかで一番うれしいプレゼントかも」

その言葉を聞いた高原君の目に、たちまち涙が盛り上がった。

「けど、淳平はこれでよかったの？」

美雪さんの質問に高原君は、涙を浮かべたままにっこり笑ってこう答えたという。

「俺、プロのミュージシャンを目指すのはあきらめます。でもべつに、夢を捨てるわけじゃないんです。はじめて会ったときからずっと、美雪さんを幸せにするのが俺の夢だったんですから」

いま、美雪さんの左手の薬指には、銀色の指輪が光っている。彼女は少し照れくさそうに、けれど幸せを隠そうとせず、すみれにエンゲージリングを見せた。

「最高のクリスマス・プレゼントですね」

ひそかに応援していたふたりがあるべき方向へ向かっている気がして、すみれ自身、胸が浮きたつような気持ちを抑えられずにいる。

「はい。でも、あたしのほうは失敗しちゃって」

「失敗？」

「淳平とのことは考え直したけど、プレゼントは計画どおりアンプにしたんです。けど——淳平、あたしにエンゲージリング買うために、一本しかないギターを売ってお金を作ってくれてて。アンプがあってもギターがないんじゃ、意味ないですよね。申し訳なくて、お金は貸すから買い戻せばって勧めたんだけど、淳平のやつ、それじゃギターを売った意味がなくなる、って」

美雪さんは、アンプを返品してべつのプレゼントにすることも提案した。が、高原君は、これにもうんと言わなかった。

「せっかく美雪さんがプレゼントしてくれたものを、返品なんてできません。俺、小遣いを貯めて、いつか自分で安いギターを買います。子供ができたら、このアンプで俺のギターを聞かせてあげるんだ」

高原君の目は輝いていた。

「あいつ、意外なところ、頑固なんですよね」美雪さんは、すごく楽しげに見えた。

「美雪さん。ひとつだけ教えてもらっていいですか」

すみれは彼女に訊ねた。

「紙野君、教えてくれないんです。紙野君が美雪さんにおすすめした短編って、どれだったんですか？」

5

この日の夜、すみれは、営業時間後、店で軽く飲まないかと紙野君を誘った。

紙野君には昼と夜、まかないを作っているが、自分は営業時間内には食事をしない。なのでこれが夕飯となる。紙野君が「いいですね」と了承してくれたので、まかないのほうは同意を得ていつもより軽めにした。

店を閉めると、紙野君がすみれに紙の手提げ袋を示した。

「美雪さんに赤ワインもらったんです。飲みません？」

遠慮なくご相伴にあずかることにした。

昨夜と今夜、クリスマスの演出のひとつとして、キャンドルを出していた。それにまた火を点《つ》けようかと少し迷って、やめる。仕事のパートナー同士の食事の席には、ちょっと甘すぎると思ったのだ。

紙野君は、すみれが作った料理をテーブル席に運んでくれた。お客様にグラスで提供したスパークリングワインの残りがあるので、まずはそれで乾杯する。すみれ屋に常備しているワインは、カリフォルニアのナパ・ヴァレーにある小規模なブティックワイナリーのものだ。何度かナパを訪れ、いくつかのワイナリーを訪ねてじっさいにテイスティングをしたうえで取引先を決めた。

「紙野君は、美雪さんが高原さんと別れようとしていることに、気づいていたんだよね」

「はい」

乾杯のあと、すみれは早速その話題を切り出した。

「輸入会社の社長っていう人とつき合おうとしてたことも？」

紙野君は、茄子とナッツのパテを載せた薄切りのバゲットをゆっくり咀嚼しながら、うなずく。

パテは、焼いた茄子の身をニンニクとアンチョビで味付けして、バジルやミックスナッツとオリーブオイルでクリーミーなペーストにしたもの。アンチョビの旨みと塩気、ナッツの食感を、ぬっくりした茄子のペーストがひとつにまとめあげる。ワインを選ばないオールラウンドなアミューズだ。

「勘ちがいしてたのは、わたしだけだったか」

「でも、あのバッグを見なかったら、美雪さんにO・ヘンリは薦めていなかったと思います」

「コピー商品だったっていう、あの？」

「美雪さん、あれ、ブランドものの高価なバッグだと信じ込まされてましたよね。そんな嘘をつく人間は、ろくなやつじゃないと思って」

「あのバッグが本物じゃないって、わかってたの？　ブランドもの、詳しいんだ」

そういうものに興味がなさそうなタイプだと思っていたので、意外だった。

紙野君は、スパークリングワインをグラスから、するように飲んだ。

「そんなことないけど――偽物は、見ればわかります」

疑うつもりはないが、紙野君が言うとそうとしか思えなくなるから不思議だ。

「……わたしの負けだね」

紙野君が、首をかしげる。

「わたしが美雪さんに本を薦めたやり方を注意したとき、紙野君、言ったよね。クリスマスが終わるまで待って欲しい、自分がまちがっていたら、もうあんな売り方はしない、って。紙野君はまちがってなかった。そうでしょう？」

紙野君は、サーモンとリコッタチーズのタルト仕立てをゆっくり味わっている。

マスタードベースのドレッシングで味付けしたスライスサーモンと、刻んだディルや玉葱を混ぜたリコッタチーズを、丸い金属型《セルクル》を使ってミルフィーユのように四層に重ねたものだ。最後にイクラをたっぷり載せる。これもクリスマス特別メニューのひとつ。

「俺、美雪さんに考え直して欲しいと思ったんです。そのとおりになった、という点では、そうですね。でも、すみれさんを負かそうなんて思ってません。逆ですよ」

「逆……？」

「高原君も美雪さんも、すみれさんに話をすることで、それぞれ前を向いて選択しようとしていた。すみれさんが作るドリンクも料理も美味しいです。でも、お客さんがここに通うのはそれだけじゃない。気づいてないでしょうが、すみれさんは、人の心をほどかせるなにかを持ってる。俺はただ、その手伝いをできればと思っただけです」

紙野君の言葉は、思ってもいないものだった。すみれはゆっくりとスパークリングワインを飲んだ。ナプキンを軽く口に当てる。

「口出ししてごめんなさい。本に関しては、紙野君のやり方にお任せします」

すると紙野君はこう言った。

「俺、信じてました。すみれさんには、わかってもらえるって」

紙野君は、書店員として、たぶん特別な能力を持っている。どんな本がその人にとって必要かを見抜く力を——まるで本のソムリエのように。もちろん、今回はたまたまうまくいっただけで、つぎにおなじようなことがあったさい、すみれや店にとってマイナスの結果になる可能性はある。すみれが紙野君のやり方を認めることにしたのは、これまで彼を見てきて信用できると思ったからだ。

仕事のパートナーとして互いに信頼し合えるのは、いいことだ。

スパークリングワインが空いたので、紙野君が美雪さんにもらったオーガニックの赤ワインを開け、注いでくれた。あらためて乾杯する。酸味と甘みのバランスがとてもよかった。

すみれは、オーヴンに入れていた、ステーキを載せたスキレットをテーブルに運んできた。ステーキ用の肉が最後に一枚売れ残ったのだ。ふたりでシェアして充分なボリュームがある。

すると、紙野君がすみれに紙袋を差し出した。菫のイラストが描かれた古書店の紙袋だ。

「クリスマス・プレゼントです」彼は言った。

「わたしに？」すみれはとまどう。

「すみれさんに」

「ごめん。わたし、紙野君にプレゼント用意してない……」

「このディナーでお釣りがきます。よかったらあとで感想を聞かせてください」

「……ありがとう」

すみれは紙袋の中身を取り出した。当然のようにそれは本だった。ソフトカバーの薄い本で、『パン屋のパンセ』というタイトルだ。表紙には、西洋風の家並みをモチーフにしたかわいらしいイラストが描かれている。

著者は杉崎《すぎざき》恒夫《つねお》。知らない人物だ。タイトルの上に小さく「歌集」とあった。短歌集のようだ。パンセというのはたしかフランス語で「思考」とか「思想」という意味だったはず。学生時代、教養課程で、パスカルという哲学者の同名の著作について哲学の講義を受けたのを思い出す。

冒頭の一首はこんな歌だった。

　春眠より覚めるわたしはチョコレートのカシュウナッツのように曲がって

かわいらしい、というのがまず最初にすみれの内に起こった感興だった。面白い、とも感じた。「春眠より覚めるわたし」という部分に疑問も浮かぶ。しかし、なにより、食いしん坊のすみれが反応したのは、「チョコレートのカシュウナッツ」という言葉だった。すんなりと心に入り込んでくる、どこか微笑ましい比喩だ。

さらにページをめくってみる。

　単色の夢に鳴りつつ片翅を開きしままのグランドピアノ

などの歌が心に飛び込んできた。どの歌もどこか軽やかで、繊細なユーモアに満ちているように感じられた。

顔を上げた。紙野君が切り分けたステーキを美味しそうに頬張っている。

「ありがとう。じっくり読んでみる」

すみれは本を閉じ、紙袋に戻して、紙野君にあらためてお礼を伝えた。

紙野君からプレゼントをもらうのははじめてだ。また彼の知らない一面を見た気がした。ワインのせいばかりでなく、胸のなかが少し温かくなったように感じる。紙野君にはきちんとお返しをしなくては。

ただ——すみれにはひとつ悔しいことがあった。

「それにしても、『賢者の贈りもの』ではなかったとはね」

紙野君が美雪さんに薦めたのは、「手入れのよいランプ」という短編だったのである。目次の一ページ目に載っている作品だ。

「ところで、どんな話だったっけ?」

紙野君がグラスを置き、人さし指で眼鏡のブリッジ部分を軽く押し上げた。

「ある大都会にふたりの女の子が暮らしています。ふたりの名前はナンシーとルー。クリーニング屋さんでアイロン掛けの仕事をしているルーは堅実派で、デパートの売り子をしているナンシーのほうは玉の輿を狙う派手な女の子――」

紙野君は、早口ではないが、すらすらと淀みなく話した。読んできた本の内容をすべて記憶しているのだろうか。

「ルーにはダンっていう、これまた堅実派の恋人がいます。ある日、ナンシーがルーとダンの三人でミュージカルを見る約束をしてクリーニング屋にルーを迎えに行くと、」

「ごめん。わかった」すみれはそこで紙野君の話をさえぎった。

紙野君が、不思議そうな顔ですみれを見る。

「やっぱり自分で読んでみることにします。前に読んだけど、すっかり忘れてるから。オチを聞いちゃったら、もったいない気がしてきた」

紙野君は、うれしそうに破顔した。

ランチタイムに待ちぼうけ

1

最近では、インターネットの口コミサイトに戦々恐々とする経営者も多いが、飲食店にとって一番怖いのは、お客様とのトラブルだ。

経験を積むと、問題を起こしそうなお客様は見ただけでなんとなく想像がつくようになってくる。もちろん、それがいつも的中するとはかぎらないが。

その木曜日、開店とほぼ同時にひとりで入ってきた男性に、すみれ屋のお客様としては異色な印象を受けたものの、すみれはトラブルの予感は持たなかった。

見たところ六十代後半か七十代前半。グレーのツイードジャケットに、彼の世代にふさわしいカジュアルなプルオーバーのシャツを着て、おそらくは混紡素材の皺《しわ》になりにくそうな茶色がかったスラックスを穿いている。足元は、歩きやすそうな合成皮革のウォーキングシューズ。黒革を模しているとおぼしい。

公的機関は六十五歳以上を高齢者と区分していると聞いたことがある。その基準を適用するのなら老人と呼ぶこともできそうだが、それには違和感があった。痩せ型の男性は背中も丸くなっていないし、ドアを開けてからざっと店内を見回す顔の皺も目立たない。銀縁眼鏡のレンズの奥の瞳に、いくらか険しいと言ってよさそうな、明敏な光が宿っていることも見て取れた。

スーツこそ着ていないが服装もきちんとしている。リタイアした元会社員。すみれは、はじめてのお客様を迎えたとき、ほとんど反射的にそうするように、彼をそうプロファイルしていた。

すみれ屋は住宅街にあり、比較的高齢のお客様も少なくない。年齢なりの穏やかさを感じさせる人が多いが、その男性は緊張感を漂わせていた。

「いらっしゃいませ」すみれは彼を出迎えた。「おひとりですか?」

男性が、じろりとすみれに目を向けた。怒っているように見える視線だ。返事をするまでに、わずかだが間があった。

「いや。待ち合わせだ。あとでもうひとり来る」

ぶっきらぼうとも不機嫌とも形容できる口調で返事があった。

「こちらにどうぞ」

四卓あるテーブル席のうち、入口から一番遠い卓へと案内した。男性は、緊張をたたえた顔つきのまま席に着いた。

「こちらがメニューです」

すみれはテーブルの上を示す。パソコンとカラーコピーを使い、手書きの文字を活かして自作したものだ。ランチメニューは日によって替わるので、毎日黒板に書いて店先と店内にひとつずつ掲示し、手書きのものも作ってコピーしたものをテーブルやカウンターに置いている。

「ただいま、お水をお持ちいたします」

接客には人によってスタイルがあるが、すみれは、自分が従業員ではなくオーナーであることを印象づけるよう、落ち着きのある応対を心がけている。

店に出るときは、白いブラウスと黒いパンツ、胸当てのある茶色のギャルソンエプロンというスタイルだ。肩までの長さで軽く梳《す》いている髪は後ろで結わえている。

男性はメニューに手を伸ばさず、古書スペースに目を向けた。レジの前で作業をしていた紙野君と目が合う。

紙野君は、「いらっしゃいませ」と言った。が、男性は無視した。

この年代の男性には、他人に愛想よくすることが自分を卑下することに等しいと思っているふしがある人が少なくない。本人としては、たんに自分の体面を保っているだけのつもりであって、悪気があって無愛想にしているわけではないのだろう。すみれには、男性客が見かけほど不機嫌とは思えなかった。

男性は目をそらして、古書が並ぶスチールの棚を見た。本に興味があるのだろうか。

すみれは水と紙おしぼりを用意して男性客のもとへ戻った。

「コーヒー」男性が、メニューを開いた様子もないままに注文する。

「ホットとアイスがありますが、どちらにいたしましょう？」

「ホット」

「かしこまりました」

カウンターに入ると、水を入れたケトルを火にかけ、ひとり分のコーヒー豆を電動ミルにかける。自家焙煎《ばいせん》をしている問屋さんに味のイメージを伝えて配合してもらった、すみれ屋オリジナル。ブラジル、コロンビア、グアテマラ産の豆をブレンドして中煎りにしたものだ。細挽《び》きに挽いた豆をメジャースプーンであらためて計量し、きっちり十グラムに調整する。

コーヒーの抽出法にはいくとおりかあるが、すみれは抽出者がコントロールできる余地が大きく、手入れがしやすいペーパードリップを採用することを早くから決めており、その技術を学べる店を選んで修業してきた。

ひとつ穴の陶器のドリッパーに純正品のペーパーフィルターをセットし、挽いた豆を入れ、ドリッパーを揺すって均《なら》す。ガラス製のサーバーにセットする。

すみれ屋のシンクの下には業務用の高価な浄水器がビルトインされている。ケトルの湯が沸騰したら、注湯用の金属製のコーヒーポットに注ぎ、温度計で温度を測りながら、温度調整用の水を足して八十三度にする。コーヒーポットの注ぎ口はなだらかなS字を描いており、本体の下部とつながっている。湯量を自在にコントロールするための構造であり、デザインだ。

抽出における最大のイベントは注湯だ。挽きたてのよい豆を使っても、注湯ひとつで味をだいなしにしてしまうこともある。コーヒー豆の持ち味を、抽出者のイメージどおりに引き出すこと。その至上の命題に集中する。

この民家を購入して改装するさい、使い勝手にこだわってキッチン周りをデザインし、建築家に依頼した。L字型のカウンターは、ドリッパーを載せたサーバーを置いて、すみれが一番注湯しやすい高さに設計してある。サーバーはカウンターのキッチン側に並べ、ガラスの仕切り越しに、お客様に抽出の過程が見えるようにした。

一湯目。ポットの注ぎ口からごく細い湯を、中心部から外へ向け「の」の字を書くようにていねいに、まんべんなく注いでゆく。芳醇なアロマがふっくらと立ちあがってくる。湯が行き渡ったら、いったん注ぐのをやめ、豆を蒸らす。

こんもりと、まるでハンバーグのように盛り上がってくるのは、豆の炭酸ガスの働きによる。時間が経つと炭酸ガスは減ってゆく。しっかりふくらむのは新鮮な証拠。ただし、焙煎直後の豆は炭酸ガスが多すぎるので、すみれは、なるべく焙煎から二日目の豆を使うよう仕入れを調整している。

蒸らしが済んだら、あとはサーバーの目盛りを見ながら、三回から四回に分けて湯を注いでゆく。すみれ屋では一杯のコーヒーの分量を百八十ミリリットルと決めている。十グラムのコーヒーから美味しく抽出できる上限だ。お客様にたっぷり飲んでいただきたいとすみれは思っている。

サーバーから大きめでやや厚手のカップにコーヒーを注ぎ、ソーサーに載せスプーンを添え、カウンターの外で待機していた紙野君に渡す。

「お待たせいたしました」

紙野君がサーブすると、男性客は小さくうなずいた。

すみれ屋のランチタイムは、十一時半から午後二時半まで。

開業後しばらくはお客様の入りもよかったが、最初の波が落ち着いてしまうと客足はいったん遠のいた。飲食店ではよくある現象で、すみれにとっては織り込みずみだった。毎年数多くの飲食店が開業するが、五年後にも営業をつづけている店はそのうちの二割しかないというのは有名な話だ。じつに残りの八割が潰れているのである。

飲食店は、軌道に乗るまで時間がかかるのがふつうだ。一年経ってようやくお客様が定着する、ということもある。すみれは、半年の間は赤字でもやっていけるよう、資金計画を立てたうえで店を開いていたが、ありがたいことにそうはならず、三ヵ月が経つ頃にはランチタイムには毎日、ほぼ席が埋まるようになっていた。

銀縁眼鏡の男性をめぐってちょっとした事件が持ち上がったのには、そうした事情が背景にある。


すみれ屋のランチメニューは日によって替わる。この日は、鶏のほろほろカレーと、フィリーズチーズステーキサンドイッチの二種類だった。

いずれも千数百円で、コーヒーなどのドリンクもセットになる。

鶏のほろほろカレーは、市販のカレールーを使用せず、トマトとにんじんのピューレを大量に使い各種スパイスで味付けした、さらさらのヘルシーなカレーだ。

スパイスの香りを油に移すところからはじまり、鶏の胸肉を文字どおりほろほろの状態になるまで煮るので、仕込みに時間と手間がかかる。が、リピーターも多く、限定二十食が毎回完売する、すみれ屋の人気メニューのひとつだ。

しかし、すみれがそれ以上にこだわっているのがサンドイッチだ。もともと好きだったが、アメリカに留学してからはそれに拍車がかかった。

二種類の日替わりランチにはサンドイッチがかならず登場する。

近くにすみれの好みに合うパン屋さんがあった、というのも、この場所に開業した理由のひとつだ。キッチンにグリドルと呼ばれる鉄板を入れたのも、一番は美味しいサンドイッチを作るためだった。

フィリーズチーズステーキサンドイッチは、日本のコッペパンに似たロングロールを使ったサンドイッチだ。すみれは、取引をしているパン屋さんに、セモリナ粉という小麦粉を混ぜた特注のロングロールを焼いてもらっている。これを生地に加えると、濃厚な具材に負けない食感と風味がプラスされるのだ。

具材は、グリドルで炒めた和牛の腿肉の薄切りと玉葱の上にたっぷりのチーズを載せ、とろけさせたもの。水平に切り込みを入れたロングロールは本のように開いて切断面をグリドルでかりっと焼き、マスタードバターを塗る。具材からあふれる肉汁を受け止めるよう、ワックスペーパーを敷いた皿に盛りつける。

これに自家製のポテトチップと、ベビーリーフやラディッシュ等のサラダを添えてサーブする。できれば豪快にかぶりついて欲しいところだが、切り分けて食べられるようフォークとナイフもお出しする。

名前のとおり、本来はフィラデルフィア名物のサブマリンサンドイッチなのだが、アメリカではメジャーで、すみれは留学先のシアトルの屋台ではじめて食べた。

牛肉の旨みとチーズのコク、玉葱の甘みが一体となり、肉汁や溶けたチーズがたっぷりしみたパンと一緒に頬張ると、日頃それなりにカロリー計算をしているがゆえに逆説的に味わうことのできる背徳的な歓びに、全身の細胞が陶然としたものだ。

「こんにちは。今日も究極の選択だわー」

十一時半。そう言いながら店に入ってきたのは、岡田《おかだ》さんだった。おそらく三十代前半の女性で、結婚して、幼稚園に通う子供がひとりいる。

紺のキルト地のハーフコートに、シンプルなグレーのパンツ。コートの下はタートルネックの白いセーター。長身ですらりとして、顔もほっそりしている。ストレートの髪は肩までの長さ。全体にスマートな印象の女性だが、冷たい雰囲気はなく、気さくな人柄だ。

彼女につづいて、いつものように五人の女性が入ってきた。年代の幅は、おそらく、二十代後半から四十歳前後の間にとどまっている。彼女たちには、近くにあるおなじ幼稚園に通う子供を持っているという共通点があった。いわゆるママ友だ。

岡田さんは、リーダー役を引き受けているように見える。

六人は仲も良いグループらしく、店へ来る顔ぶれはいつも変わらない。彼女たちは、週に一度か二度、連れだってすみれ屋にランチに来る。

「ほんと、迷っちゃう」

「悩ましいわあ」

みな、ランチのことを話題にしてくれているようだ。ひとつに絞るのが難しいほどどちらも魅力的、ということであれば素直に喜ばしい。すみれは彼女たちを、六人組のお客様を案内できる唯一の席へと通した。三卓残っているテーブル席だ。

六人組が訪れる曜日は決まっていない。先ほどの男性客を一番奥の卓に案内して正解だった。これでテーブル席は満席となる。

六人となるとカウンター席に座るのは話が遠くなって厳しい。彼女たちも、テーブル席を確保できるようにだろう、いつも早めにやって来る。

六人ともランチを注文した。カレーが三人、サンドイッチが三人。きれいに分かれた。なんだかうれしい。

キッチンに戻る前に、すみれは銀縁眼鏡の男性客をチェックした。すでに二十分が経っているが、まだ彼の待ち合わせ相手は来ていなかった。コーヒーカップは空になっている。すみれはすでに二度、彼に水のおかわりを注いでいた。

時折、彼が腕時計を確かめたり、携帯を操作したりしている姿がすみれの目に入っていた。いまはただじっと座って前を見ている。窓に背中を向けているので、視線の先には古書スペースの陳列台、その向こうに本棚がある。

「なあ君、あそこにある本は売り物か」男性客がすみれを見て言った。

「ええ。ですが、お客様には無料で閲覧していただけます」

「なんだ。それ、早く言ってくれよ」咎《とが》めるような口ぶりだ。

「失礼しました」すみれは謝罪した。

男性客は半分近くに減っていたグラスの水をひと息で空にすると席を立ち、「水のおかわりをくれ」と言って古書スペースへ向かった。

すみれはキッチンに戻り、紙野君に男性客への水のおかわりを頼むと、注文を受けたランチ作りにとりかかる。カレーの盛りつけは紙野君に任せられるが、フィリーズチーズステーキサンドイッチは、すみれにしか作れない。

忙しいランチタイムのはじまりだ。

ランチタイムのピークは、十二時から午後一時まで。一時半くらいになると落ち着いてくる。今日もピーク時には満席になり、入口まで来た三人組のお客様があきらめて帰ってゆくという光景も見られた。

ママ友の六人組は、ランチを食べたあと、幼稚園のお迎えの時間となる二時少し前まで、ドリンクを飲みながらゆっくり歓談するのが常だ。合わせて二時間と少し。

飲食店を経営するうえで絶対に無視することができない数字がふたつある。客単価と回転率だ。売上は、お客様が支払う平均的な金額と、営業時間内に席が何回入れ替わるかによって概算が立つものだからである。

原則として、客単価が低い商品を扱っている店は回転率で勝負している。ファストフード、なかでも立ち食い蕎麦などはその最たるものだ。高い客単価を見込むことができるなら、営業時間内に迎えるお客様の人数は多くなくても利益が出る。高級なレストランが低い回転率で成り立つのはそのためだ。

カフェという営業形態の客単価はけっして高くないので、回転率は高くあって欲しい。しかし立ち食い蕎麦屋さんとはちがう。お客様にはゆっくりしてもらいたい。こうした二律背反を抱える経営者は多いのではないか。

ドリンクや食べ物の価格を設定するとき、原価率とともに、想定されるお客様の滞在時間も判断材料とした。ランチャットの単価で二時間強というのは、すみれの想定より長い。とはいえ六人分の売上げは貴重だし、テーブル席には複数で座ってもらったほうが空席が出ないのでありがたいのも事実。

ひとりのお客様にテーブルを一卓占められてしまうのは、すみれ屋のように席数の少ない店では、なかなかの機会損失だ。たとえば開店とほぼ同時にやって来た男性客のテーブルのように。

そう。ランチのピークが過ぎても、あの銀縁眼鏡の男性客はおなじテーブルに座っていた――ひとりで。まだ待ち人は姿を見せていないのだった。

テーブルには空になったコーヒーカップが置かれたまま。最初の一杯だ。水だけになってしまうので下げられずにいる。そちらのおかわりは七回を数えていた。その何度目かに紙野君はランチメニューを示してサジェストしてくれたのだが、男性客はちゃんと見ることもなく「いらん」と答えた。

古書スペースの本が閲覧可能だと知ってから、彼は何度か本棚との間を往復し、テーブルに本を持ってきたり、本棚に本を返したりしていた。腕時計や携帯を見たり、トイレに立つ以外の時間は、持ってきた本を読んでいた。

コーヒーや読書を愉しみ、ゆったりと過ごす。お客様にそうしたサービスを提供することを理想としてすみれはここを開業した。しかし、店をつづけていくためには利益を出さなくてはならない。

コーヒー単品の価格はランチセットより安い。一時半の時点で、彼はランチセットを注文したママ友六人組よりも長い、二時間半という時間、滞在していた。店の経営というシビアな観点からすると、そろそろテーブルを空けてもらうか、せめて追加の注文をお願いしたいところだ。

二時前、ママ友六人組が出て行った。

フィリーズチーズステーキサンドイッチを食べた岡田さんをはじめ、みな、帰りぎわ、口々にすみれに美味しかったと声をかけてくれた。

その頃になっても、あの男性客はまだおなじテーブルに残っていた。

彼が帰ったのは、昼の営業時間が終わる、三時半。

ついに最後までひとりだった。

た。

「なんだったんだろう、あのお客様」

閉店後、すみれはワインとつまみを用意して紙野君に夕飯につき合ってもらってい
「開店してすぐ来た、あのおひとり客ですか、男性の」

紙野君の言葉に、すみれはうなずく。

「いろいろ謎が多いなと思って。お待ち合わせっておっしゃってたけど、結局四時間以上待ったのに、その相手は来なかった。いまどき相手も携帯を持っていそうなものなのに、電話をかけることもなかった」

「忍耐強いですね」

「そうとも言えるのかな。ときどきいらいらしているように見えなくもなかったけど。わたしなら、あんなに長い時間は待たないな」

「あの人じゃなく、すみれさんがです。俺、ランチを断られたあとも、訊いたんですよ。ドリンクのおかわりはいかがですか、って。でも、やっぱり『いらん』って」

「まあ、たしかに、おひとりでふたり分のテーブル席が埋まっちゃってたしね」

「考えたんですけど……空のカップ、下げてもよかったのかなって」

紙野君は、すみれに疑問を投じた。

こちらはお客様を待たせないよう可能なかぎりの努力をするが、お客様をせかすようなことはしない。それを接客のルールにして、紙野君にも共有してもらっている。これまではそれで問題がなかった。すみれも自分が客の立場なら、長い時間滞在するのであれば追加注文するだろうし、それをある程度「常識」だと考えている。

けれどそれは明文化されたルールでない以上、だれにでも期待できることではないのもたしかだ。飲食店の健全な経営は、利用する客側の良識に支えられている部分も大きい。

すみれは今日、自らが決めたルールに忠実であろうとした。が、さっきのように極端なケースでは、もう少し柔軟に対応してもよかったかもしれない。

「……ランチとドリンクのサジェスチョン、ありがとう、紙野君。でもやっぱり、空のカップは下げなくてよかったと思う」

店にふさわしくないと思われる客は、お客様として扱う必要はなく、場合によってはお引き取りいただくし、入店をお断りする。開業にあたり、そう決めていた。線引きはふたつ。ほかのお客様にとって迷惑になるか、そして、すみれ自身が不快かどうか、だ。自分の店で我慢をするつもりはない。

ただ——あの男性客をせき立て、追い返すようなことをするのは、すみれが理想として思い描くカフェのあり方とはちがっていた。紙野君の指摘のように、その点自分は忍耐強いほうなのかもしれないが、これはすみれがしたくないと考える我慢とは種類が異なる。

こうしたことがつづいた場合、いつか考えを変える日も来るかもしれない。でもいまはまだ、自分のやり方を保持していようと思った。

「わかりました。すみれさんがそれでいいなら」紙野君が言った。

「それにしても、謎は残るわよねえ」

「俺が感じた謎は、本ですね」

紙野君が、インゲンと炒めたベーコンをみじん切りにしたゆで卵とハニーマスタードベースのドレッシングで和えたサラダを、自分の皿に取って言った。

「本？」

「いま、陳列台の上で『離別』っていうフェアをやってます。あの人、何度かその周りをうろうろしていましたけど、フェアの本はちゃんと見ないまま、結局、本棚から時代小説を持って行ってた」

本が平積みになっている陳列台の中央には、紙野君が手作りした立方体型のＰＯＰが置かれている。ボール紙の型紙の上に紙野君が筆で文字を書いた柄物の和紙を貼っているのを、すみれも仕込み作業をしながら見ている。

四方の側面には、大きく「離別」と書かれていた。フェアによってはタイトルを補足するコピーを書くこともあるが、今回はない。離別はだれしも経験する。紙野君はあえて説明を省いてイメージを限定させず、個々人それぞれに喚起される印象を大事にしたいのではないか。

「ひょっとしたら、彼には『離別』という言葉に敏感にならざるをえない理由がある、とか……考えすぎ？」

サラダを咀嚼した紙野君は、口を開いた。「いや、俺もそう思ってました」

考えるほどに謎が深まる。あの男性客には、いったいどんな事情があったのだろう。その真相を確かめることはないだろうと思った。なんとなく、もう店に来ることはなさそうだという気がしたからだ。

だがその推測ははずれた。

銀縁眼鏡の男性は、およそ一週間後、またすみれ屋を訪れたのだ。

2

男性が店のドアを開けたのは、前回とおなじく、開店してすぐの時間だった。

すみれはちょっとおどろいたものの、表情に出さないよう心がけた。

「いらっしゃいませ」かすかな緊張とともに訊く。「おひとりですか？」

男性が答えるまでに、一瞬、間があった。「待ち合わせだ。もうひとり来る」

前回とおなじか、それ以上に不機嫌に聞こえる口調だった。すみれの緊張もゆるまない。最初のお客様だったので、またテーブル席の端にご案内した。ここまでは前回とほぼおなじだ。

「ホットコーヒー」席につくなり、男性が注文した。

「かしこまりました」

水を持って戻り、テーブルに置くと、すみれはコーヒーを淹《い》れ、男性客のところへ運んだ。男性はすぐに席を立ち、古書スペースへ向かった。

陳列台の隅では紙野君がパソコンに向かっていたが、顔を上げ、男性に向かって、

「いらっしゃいませ」と声をかけた。

男性は曖昧にうなずくことで返答としたようだ。

紙野君はさらにこう声をかけた。

「こちらの本は、僕が選書したフェアです。よかったらごらんになってください」

陳列台の横を通り抜けて本棚へ向かおうとしていた男性が、足を止める。

「古本屋がフェアなんて、珍しいんじゃないか」

「そうですか」

「まあ、喫茶店のなかにあるような店だから、不思議じゃないのかもしれんな。俺が学生の頃、通った古本屋なんか、本棚に入りきらない本が床に積み上がってたよ」

「僕も昔、そういう店でバイトしたこと、あります。店の奥が店主の住まいになってたんですが、あるとき、そこで石油ストーブが倒れて火事になりかけて。本がたくさんあるのはいいんですが、通路が狭くて逃げるのが大変でした」

その話を聞く男性の様子に、変化が生じたような気がした。彼を覆っていた殻のようなものに、わずかだが罅《ひび》が入ったように見えたのだ。男性は、先日は関心を示さなかったというフェアの陳列本に、目を向けた。足を止め、一冊を手に取る。

そこには、ボリス・ヴィアンの『うたかたの日々』、夏目漱石の『坊っちゃん』、レイモンド・チャンドラーの『ロング・グッドバイ』といった本が並んでいるのを、すみれは知っている。去年のクリスマスに紙野君がすみれにプレゼントしてくれた歌集『パン屋のパンセ』も置かれていた。

この歌集を、すみれは愛読している。

一九一九年に生まれた杉﨑恒夫は九十歳で亡くなったが、晩年まで創作活動をつづけていた。みずみずしさに満ちた歌の数々に触れると、失礼ながら老人が詠んだとはとても思えない。

が、つぎのような歌を見ると、彼が日頃から、死を身近なものとして意識していたことが想像できる。

　ぼくの去る日ものどかなれ　白線の内側へさがっておまちください

自らの先途のみならず、杉崎恒夫は死そのものを、日々の生活とつながったものとして考えていたようだ。

　いくつかの死に会ってきたいまだってシュークリームの皮が好きなの

紙野君が『パン屋のパンセ』を「離別」のフェアの一冊として置いているのは、それが理由ではないかと思う。

ちなみに、すみれは何度か、すっかり好きになった杉崎恒夫への想いを彼に語っている。それを聞く紙野君は、いつも楽しそうだ。

男性が手に取った本がフェアのなかのどの一冊なのか、キッチンからではわからなかった。が、化粧函《けしょうばこ》入りの単行本のようだった。男性が、化粧函をはずしたからだ。

彼は本を開いて見ていたが、やがて閉じると平べったい化粧函に納めた。紙野君はパソコンに目を戻していて彼を見ていない。男性は本を手に、自分の席に戻った。

すみれはランチの準備に専念する。

今日も二種類。シンガポールチキンライスと、コンビーフサンドイッチだ。

シンガポールチキンライスは、国産の地鶏の胸肉を、出汁を取れるよう鶏ガラや手羽先、ネギやショウガなどの薬味と一緒にしっとりと茹であげてご飯と合わせたものだ。インディカ米の高級品種である香りのよいジャスミンライスを、鶏のエキスを抽出した旨みたっぷりのスープで炊き上げる。

たれは三種類。鶏のスープとショウガを合わせたジンジャーソース、中国醤油をベースにオイスターソースを少々加えてコクを出した醤油だれ、それに、インドネシアの調味料である、唐辛子を使ったサンバルソースだ。

本場シンガポールではスイートチリソースのほうが一般的らしいが、すみれは甘さのないサンバルソースのほうを好んでいるのでそうした。そういうわがままを貫けるのも、自分の店を持つ醍醐味のひとつではないか。

スライスしたきゅうりやトマトを付け合わせにし、もちろん熱々の鶏のスープも一緒にサーブする。

肩のこらない献立で、あっさり食べられるが、シンプルなだけに素材の質が問われる料理だ。以前、台湾へ旅行したさい、ふと入ったざっかけない店でお手頃にいただけたものが感動的に美味しかったので、研究を重ねて店でも出すようにした。しっとりと柔らかな鶏肉の食感とスープの旨みが命だ。日本で妥協せずに作ると、どうしても価格は台湾で食べた感覚より高くなってしまうが、味には自信がある。

コンビーフサンドイッチのコンビーフは、自家製だ。

缶詰のコンビーフはほぐし身の印象が強い。しかしすみれは、アメリカ留学時代にデリカテッセンのコンビーフを食べ、その美味しさの核心は、日本人にはこれまで比較的馴染みが薄かった塊肉のそれだと、目を開かされる思いを味わった。

脂肪分は少ないが腿肉より濃厚な味わいの牛の肩バラ肉の大きな塊を、スパイスや香草や香味野菜を効かせ、塩や黒糖で味付けした調味液で一週間塩漬けし塩抜きしてから、スパイスとともにじっくりと数時間煮込む。塩分が浸透して熟成された肉は旨みが凝縮され、自家製ならではのスパイスの豊潤な香りが、牛肉の赤身肉のややもすればどこか無骨で一本調子な味わいに彩りや洗練を加え、ごちそう感ともいうべきものを確実にアップさせている。

冷ましておいた肉を厚めにカットする。質感を伴ったこのスライスされたコンビーフには、ステーキやタンシチューのタンのような、肉料理としての矜持《きょうじ》を湛えた存在感が確実に備わっているとすみれは思っていた。肉々しさを最大限に引き出したこれをサンドイッチのメインに据えることが、すみれのこだわりだ。

合わせる具材はザワークラウト。太めの千切りにしたキャベツを、塩のほか、ローリエ、キャラウェイシード、ジュニパーベリー、白ワインと一緒に漬け込んで作る。ぎゅっと閉じ込められた牛肉の旨みを酸味のあるキャベツが引き締め、しゃきっとした歯触りを加える。どちらも本来、作りおきできる保存食であるのに、パンと一緒に頬張るとそう感じさせない、なんともいえない贅沢な幸せを与えてくれる。この組み合わせもアメリカで知った。

脂身の多いコンビーフなら火を通してトーストサンドにしたほうが美味しいが、すみれが自作する赤身中心のコンビーフは、トーストしない、ふんわりした角型の食パンを厚めにスライスしたものととても相性がよい。

すみれはさらに、生クリームと砂糖を使ってマイルドに仕上げたマッシュポテトをパンとコンビーフの間にペーストする。ザワークラウトとパンの間には、粒の食感が楽しいディジョンのマスタードを塗る。縦半分に切れば完成。酸味、ほのかな辛さ、肉の旨み、それにポテトサラダやパンの甘みが渾然一体となったサンドイッチは、心まで豊かにしてくれるハーモニーを奏《かな》でているはずだ。

付け合わせは二種類。白ワインビネガーと塩で味付けし、香りづけのフレッシュディルを加えたきゅうりと、千切りにしたにんじんをオリーブオイル、酢、砂糖で味付けし、グレープフルーツの果肉とクミンシードを加えたキャロットスローだ。

「こんにちは。オーナーは、今日もわたしたちを悩ませるんだから－」

十一時半過ぎ。

そう言いながら入ってきたのは、岡田さんだった。

3

今日の六人組のオーダーも、シンガポールチキンライスとコンビーフサンドイッチが三対三の同数だった。

テーブル席は彼女たち六人と、最初に来た男性客とで埋まっている。はからずも前回とおなじ光景が再現されたわけだ。それだけではない。ランチタイムのピークが過ぎる頃になっても待ち合わせ相手が現れない男性がコーヒー一杯で居つづけているところまで、前回をなぞっていた。

だが、前回と異なる展開もあった。男性の隣の席に座っていた岡田さんが、彼に声をかけたのだ。

「あの、すみません」

古書スペースから持ってきた本を読んでいた男性は顔を上げ、岡田さんのほうを向いた。

「ご近所でお見かけしたことがあったのですが、はじめてご挨拶します。わたし、岡田と申します。失礼ですが、池本《いけもと》さんでは？」

すみれはカウンターを片づけている最中だったが、視界の隅に彼らをとらえていた。池本と呼ばれた男性客は、岡田さんをまじまじと見た。彼女を記憶に留めているようには見えない。

「そうですが」

「ああ、やっぱり。わたし、並びの三軒先のテラスハウスに、三年前に引っ越してきた者です。ご挨拶遅れて申し訳ありません」

「はあ」池本氏は対応に困っているように見えた。

なぜいきなり岡田さんが話しかけてきたのか、わからないのだろう。すみれにはその理由が察せられた。

六人組の彼女たちは、前回訪れたときも、ひとりでテーブル席を占拠し、彼女たちより早く来ていながらコーヒーしか注文せず、水のおかわりをくり返す男性客——池本氏——に対して、興味を抱いているふしがあった。

今日、彼女たちの興味ははっきり好奇心へと変化した。池本氏には聞こえぬよう、彼のことを話題にしているのをすみれは聞くともなく感じ取っていた。

そこで、近所で彼の顔を見知っており、ちょうど彼の隣に座っていた岡田さんが、六人を代表して池本氏に事情を聞く役を買って出たのだ。

店で知り合ったお客様同士が仲良くなることはたまにあるし、すみれとしては交流を否定するつもりはない。が、いまはわるい予感がした。

「先日もこちらでお見かけしたんですが、ここ、いいお店ですよね？　わたしたちも気に入って、何度か来てるんです」

岡田さんは言葉をつづけた。が、池本氏の反応は鈍い。

「そうですか」

迷惑しているというより、とまどいが先に立っているようだ。この二回の訪店で、少なくとも彼が社交的でないらしいことはすみれにも見当がついていた。

岡田さんはめげない。自身の興味に加え、ほかの五人への義務感のようなものも彼女を駆り立てているのだろう。自らの善意を疑わない人でもあるのかもしれない。

「お待ち合わせですか？」

この質問への池本氏の反応は、それまでとちがっていた。言葉に詰まったのだ。

岡田さん以外の五人のママ友は、意識してだろう、そろって池本氏を注視することは避けている。が、彼女たちが彼の返答に意識を傾注していることは疑いようがない。

彼女たちをゴシップ好きと批判できない。すみれ自身、全身を耳にして池本氏の返答を待ち受けていたからだ。そして、池本氏が沈黙を破る瞬間が訪れた。

「待ち合わせです」

岡田さんはその答えだけでは満足せず、さらに質問を重ねた。

「奥様とですか?」

すると、それまでの空気を一変させる出来事が起きた。池本氏の表情がみるみるこわばったかと思うと、彼は、岡田さんをにらみつけ、激高して叫んだのだ。

「あんたにいったいなんの関係があるんだ!」

テーブル席のほか、九席のカウンターのうち五席が埋まっている。池本氏の放った大声は、店内の隅々にまで響き渡った。店にいただれもがその声の主へと注意を向け、結果として沈黙が舞い降りた。

直接怒鳴られた岡田さんもしばし言葉を失っていたが、やがて、少しおびえたような表情で池本氏に頭を下げた。

「――お気をわるくされたのでしたら、すみませんでした」

彼女は正面を向き、視線を落とした。

ほどなく、残りの五人のうち数人が、その場の空気を変えようとしてだろう、池本氏とはまったくべつの話題を俎上に載せ、何事もなかったかのように語らいはじめた。

池本氏は憤然とした面持ちのまま、岡田さんから顔をそむけた。

カウンターのなかの紙野君が、必要なら注意するがどうする、という視線を送ってきた。すみれは彼を手で制すると、自ら池本氏のほうへと近づいてテーブルと壁の間に立った。

池本氏がすみれを見上げる。

中学高校と水泳部に所属していたすみれは、同年代の平均的な女性より背が高い。

ママ友の六人組も、ふたたび会話を途切らせてすみれに注意を向けている。

「お客様、大きな声はほかのお客様のご迷惑になるので、ご遠慮ください」

池本氏の表情が険しくなる。もし彼がまた怒鳴るようなことがあれば、代金は請求せずに店を出てもらおうとすみれは思った。

だが彼は憮然とした顔で、「わかった」とだけ答えた。

もう大声を出すことはないだろう、と、その返事を聞いて判断する。池本氏自身、自分の感情の扱いに困っているように見えたからだ。

「ありがとうございます」すみれは一礼してカウンターに戻った。

ママ友六人組が、砂浜に波が寄せるような自然さで会話を再開するのを背中で聞く。

「オーナー、ちょっといいですか」

会計を済ませたあとでそう言ったのは、岡田さんだった。彼女はいつも、すみれのことをオーナーと呼ぶ。敬意を払われているように感じてわるい気はしない。

仲間の五人は店の外へ出ている。いつものように、二時少し前の時間だ。

「なんでしょう?」

「こちらのお店って、貸し切りには対応していらっしゃるんですか」

「はい。条件はありますけど」

「教えてもらえますか」

条件を伝える。貸し切り可能な人数と、時間、ひとり当たりの最低料金などだ。

貸し切りにはある程度の売上を確保できるというメリットがある反面、ふらっと訪れた人や常連客の期待を裏切ってしまうというデメリットもある。土壇場でキャンセルされて食材のロスが生じれば、小さな店では大きなダメージを受ける。

だからネット上などには貸し切り可能という情報は出していなかった。常連客に請われ、こちらの条件と一致すれば引き受けるというスタンスだ。

岡田さんは笑顔になった。

「それなら大丈夫そう。じつは今度、幼稚園のクラスの親御さんを集めて、親睦会を開こうと思ってるんです。すみれ屋さんなら料理もまちがいなく美味しいし、夜にも来たことがあるお友達に聞いたら、ワインのセレクトもいいって」

「ありがとうございます」すみれも思わず笑顔になった。

「日時や人数が決まったら、またご相談しますね」

「お待ちしております」

「それと、すみませんでした……さっきの」彼女は顔の動きで、まだ残っている池本氏のほうを示した。「ご近所なので話しかけたんですが、なんかわたし、失礼なこと言ってしまったみたいで」

「いえ」すみれは答える。「あちらのお客様にも、ご納得いただけましたので」

安心させるようにうなずきかけると、岡田さんがほっとしたように表情をゆるめた。

「ごちそうさまでした」

「いつもありがとうございます」店を出る彼女を、すみれは見送った。


この日も待ち人は現れず、池本氏は三時半になると店を出て行った。

注文したのはホットコーヒー一杯だった。


「いよいよ謎が深まるなあ」

その日も、営業時間後、すみれは紙野君に夕食をつき合ってもらった。

「あの男性ですか」紙野君が言う。

「池本さん、ておっしゃる方だそう。岡田さんのご近所にお住まいの」

紙野君を誘ったのは、彼の話をしてみたかったという側面が大きい。

「なんで岡田さんに大声出したんだろう？」

「たしか、岡田さん、なにか訊いてましたよね」

「待ち合わせの相手、奥様ですか、って」

紙野君は、アボカドと玉葱、トマトやチリを塩やライムジュース、カイエンヌペッパーなどと共に擂《す》り鉢で擂ったグアカモーレのディップを載せたチコリをしゃくっとかじり、考えるような顔になった。「そういえば」と言って立ち上がると、陳列台の上から一冊を持ってきて食事をしている隣のテーブルに置く。「今日、この本をずっと読んでました」

「フェアの本だよね」すみれはタイトルを見る。

『センチメンタルな旅・冬の旅』とあった。どんな本だろう。

「見せてもらっていい？」

紙野君が、どうぞ、と言うように手を差し伸べたので、すみれは隣のテーブルに手を伸ばした。

横に長い判型の本で、薄く扁平な化粧函に入っている。

化粧函はセピア色。表に若い女性あるいは少女のイラストが描かれている（と最初すみれは思ったのだが、あとから勘ちがいだったことがわかる）。その上にタイトルと、本の著者名が明朝体でデボス加工され、周囲から凹んだ状態になっている。

著者は、荒木《あらき》経惟《のぶよし》。写真家だということは、すみれも知っている。しかし、写真集や著作を手に取ったことはなかった。

タイトルと著者名の下にはコピーが書いてある。本のコピーはふつう、本の本体や化粧函ではなく、それに巻くオビに書くものだと思っていたが、これはちがう。タイトルや著者名とおなじように、明朝体のデボス加工でじかに印刷されているのだ。

これは　愛の讃歌であり、愛の鎮魂歌である。

それがキャッチコピーだ。モノクロームな印象のカバーのなかで、ひとつ目の「愛」という文字だけが赤く印刷されている。輝度を抑えた、緋色に近い渋めの赤だ。

「凝った造本だね」すみれは感想を述べる。

「そうなんです」紙野君が枝付きのレーズンからひと粒を取って、口に放り込んだ。

一行のキャッチコピーの下には、三行にわたってボディコピーが書かれている。

新婚旅行での〝愛〟の記録、私家版『センチメンタルな旅』から21枚。妻の死の軌跡を凝視する私小説的写真日記『冬の旅』91枚。既成の写真世界を超えて語りかける生と死のドラマ。

このコピーの三行目の右端に、「新潮社」と出版社名がおなじくデボス加工されているのも、なかなかに渋い印象を与える。

「これってつまり――二冊の本を一冊にした、合本、ってこと？」

「近いです。前半は『センチメンタルな旅』という本を再編集したもの。これは、一九七一年に荒木経惟が自費出版した写真集です。新婚だった荒木経惟が、結婚式から、新婚旅行で行った京都や福岡、長崎での妻・陽子《ようこ》さんをモデルにした写真が中心で、当時は自費出版でわずかな冊数しか刷られず、長らく幻の写真集と呼ばれていた。そこから二十一枚の写真を選んで、一九九〇年に陽子さんが亡くなるまでの数ヵ月と、亡くなった後すぐの撮り下ろし写真九十一枚を合わせて一冊にした内容になってます」

「新婚旅行と、亡くなる前後の奥さんの写真……？」そういう本には抵抗があるかもしれない、と思った。「写真にするには、かなりプライベートな題材じゃない？」

すみれにもゴシップ的な好奇心はあるが、私生活を題材にするタイプの芸術家はあまり好みではない。それがこの写真集に抵抗をおぼえた、ひとつ目の理由だ。

「すごく」と紙野君。「でも、荒木経惟はそういう写真家です。本を見てみてください」

すみれは化粧函から本の本体を取り出し、おおっ、と思った。

布張りの表紙だったのだ。それも真っ赤な布。

「いまどき珍しいよね、布張りの本」

「お金かかりますからね、造るのに。出版不況で、ますます出しづらくなってるんじゃないかな」と応える紙野君は、少し寂しそうだ。

本の右上に、化粧肉の若い女性あるいは少女の右目と右眉毛らしき部分が同色で、背にはタイトルと著者名、出版社名が黒字でどちらもデボス加工されていた。

白い見返しをめくると、結婚式で撮影したとおぼしき男女のモノクロ写真が現れる。女性は白いウェディングドレスに身を包んでおり、男性は黒いスーツに白いシャツと柄物のネクタイという姿で、サングラスをかけ口髭を生やしている。

時代を感じさせる写真の右側に、「一九七一年　七月七日」と小さくキャプションがあり、すみれは納得する。

「その裏のページに、荒木経惟自身による序文があります」

紙野君に言われてページをめくると、「前略」という言葉ではじまる横書きの文章が現れた。万年筆かボールペンで手書きした文字で、白地に赤く印刷されている。文章は「敬具」で結ばれ、「荒木経惟」の署名もあった。

その文章を読んで、すみれは、紙野君が荒木経惟を「そういう写真家」と評した、「そういう」の意味がわかった気がした。その序文は写真家本人による一種の宣言で、そこにはこんなことも書かれていたのだ。

この「センチメンタルな旅」は私の愛であり写真家決心なのです。自分の新婚旅行を撮影したから真実写真だぞ！　といってるのではありません。写真家としての出発を愛にし、たまたま私小説からはじまったにすぎないのです。もっとも私の場合ずーっと私小説になると思います。私小説こそもっとも写真に近いと思っているからです。

カバーにもその文言があったとおり、荒木経惟は「私小説」として写真を撮るような写真家なのだ。

前半の「センチメンタルな旅」を開いて一枚目の写真を見たとき、すみれはおどろいた。

当時の特急、あるいは新幹線だろうか、ヘッドレストに白いカバーのついた列車の座席をリクライニングして、髪の毛にパーマを当て四角いドット柄のワンピースを着た若い女性が座っているのだが、表情が暗いのだ。

窓際の席に座る彼女こそ、新婚の妻である陽子さんだろう。半袖のワンピースから延びた両腕をお腹の上で組み、通路の位置にあるであろうカメラに顔は向けているものの、視線はレンズではなく画面の右手を向いている。

眉のラインの関係もあるのかもしれないが、その目は怒っているように見えた。少なくとも機嫌はよくなさそうだ。口も不満げに引き結ばれている。

紙野君の説明から察するに、これは、新婚旅行へ向かっているところだろう。でも陽子さんの表情は、その状況に見合ったものとはとても思えなかった。

引き込まれるようにページをめくって、すみれはさらにおどろく。

見開きの左右にそれぞれ一枚ずつある写真の舞台はいずれもホテルの一室で、どちらの写真でも、モデルとなっている陽子さんはツインベッドの片方に座っている。しかし、右の写真では列車内とおなじワンピースを着ていた彼女が、つづく左のページでは一糸まとわぬ姿になっているのだ。

よく見ると、服を着ているほうの写真ではきれいにベッドメイクされているベッドが、彼女が裸の写真では寝乱れたさまになっている。

つまり――いまでもそういう言葉が残っているのか知らないが、この二枚の写真は、新婚初夜のビフォアとアフターを写したものにちがいない。

この二枚でも陽子さんがカメラを直視していないところは、列車の写真とおなじだ。笑っていない点も同様。ただ、その表情は不機嫌というより、寄る辺なさや心許なさを感じさせるとすみれは感じた。あるいは悲しみを。

もう一度列車の写真に戻る。つづく二枚を見てからこの写真を見直してみると、陽子さんはもう、怒っているようには思えなかった。心の奥底の深いところに悲しみを湛え、放心しているように見える。

すみれは後ろのほうもぱらぱらとめくってみた。「センチメンタルな旅」には陽子さんのヌードがまだ何枚かあるらしい。その先、後半をいま、この場で開くのはためらわれた。本を閉じてケースに戻す。

「紙野君、これ、いくら？」

「千五百円です」

「わたし、買います」

「ありがとうございます」

三枚の写真を見ただけで、被写体となっている陽子さんという女性に強い興味を抱いた。幸せなはずの新婚旅行で彼女はなにを考え、なにを感じていたのか。下世話かもしれないが、それを知りたいと強く思った。

結婚したばかりの妻を新婚旅行でこんなふうに撮った荒木経惟という写真家が、亡くなる前の彼女をどのように写真に収めたのかにも関心が湧いている。

そこでふと気づく。

「ねえ紙野君。もしかして……池本さんは、奥様に先立たれてるのでは？」

ちょうどグラスに口をつけていた紙野君は、喉仏を動かしてゆっくり白ワインを飲み込んでから、「そうかもしれない」とうなずいた。

すみれの脳裏に、突拍子もないとも思える考えが浮かぶ。

池本氏がここで待っている待ち合わせの相手というのは、亡くなったその奥さんなのではないか。いつまで待っても来ないことを知りながら、それでも彼女のことを待ちつづける――。

そんなわけ、ないか。心のなかで即座に否定する。

しかし、そんな想像をしたくなるほど、彼の行動が不可解であるとも言える。

「紙野君、ひとつ」

「はい」

「もし今度、池本さんが来店されて、お待ち合わせとおっしゃったら、テーブル席でなく、カウンターにご案内して。わたしが対応できない場合」

「了解です」

池本氏がまたすみれ屋に来たのはそれから五日後のことで、ちょうどそのとき、まるで見計らったかのように、岡田さんたちママ友グループも店にやって来た。

ただし今度は六人ではなく、七人で。

その日、池本氏はそれまでより来るのが遅かった。

店のドアを開けたのは、十一時半。

「いらっしゃいませ」

「ふたりだ」池本氏はすみれの質問を封じるように告げた。

今日はお客様の入り方が、いつもより早い。ひとり客ばかり五人がすでに来店しており、九席あるカウンター席には飛び石状にしか空きがなかった。

すみれは彼を、いつもの席へと案内する。

「ホットコーヒー」すみれが水を運ぶ前に、池本氏は注文した。

そして、すみれがコーヒーを淹れるのを待つことなく、席を立って古書スペースの陳列台に向かった。紙野君が「いらっしゃいませ」と言い、池本氏はうなずいた。

コーヒーを運んだとき、すみれは、池本氏のテーブルにフェアのコーナーから持ってきたとおぼしき本が数冊、置かれているのに気づいた。『センチメンタルな旅・冬の旅』もある。

紙野君からこの本を買った夜、すみれは寝る前に写真集に最後まで目を通した。

「センチメンタルな旅」は、数枚を除いてすべて陽子さんをモデルに撮っている。

ホテルのベッドの上で、裸で煙草を持つ陽子さん。小さな木の舟に敷いた筵の上に横たわって眠る陽子さん。旅館の庭だという草地で、上半身裸になって石の椅子に腰かける陽子さん。旅館の部屋のなかで、情交のまさにただ中に撮影されたとおぼしき、苦悶にも似た表情に顔を歪めてのけぞる陽子さん。皺の寄った白々しい布団の上に、力果てたように全裸で俯せに横たわる陽子さん。窓越しに差し込む朝の光のなか、流しで歯を磨く陽子さん。

どの写真でも、彼女は笑っていない。愉快そうな顔をした写真すら一枚もない。新婚旅行の最中だというのにだ。

最初に列車内の写真を見たとき、すみれは、ひょっとして彼女は不幸なのではないか、と思った。が、その印象はほどなく薄れる。

写真を追っていくと、レンズを通して、彼女を被写体として見つめる荒木経惟の息づかいが感じられるような気がしてくる。そこには、彼自身が序文に記したとおり、たしかに愛が介在していると思えたのだ。

陽子さんはそれを頭ではなく身体で理解しているように見える。荒木経惟のカメラの前で、陽子さんは飾ることなく、ありのままの自分自身を見せている。撮り手への信頼ゆえだろう。

彼女はファッションモデルのような骨格も、いわゆるグラビアモデルのような肉づきも、アイドルのような表情も持ち合わせていない。すみれのような平凡な人間と地つづきの、生々しい存在感を感じさせてくれる女性だ。

荒木経惟のカメラは、どこにでもいるかもしれないその女性の、しかし彼女にしかない特別さ、でありながら、個性を超えたもっと普遍的な本質——一種の聖性のようなもの——に迫り、写真として定着させている。すみれはそんなふうに考えるに至った。

つづく「冬の旅」で、陽子さんは帰らぬ人となる。

「冬の旅」は前半よりずっと多い九十一枚の写真で構成されている。一九九〇年一月、陽子さんが四十二歳にして癌で急逝する前後に荒木経惟本人が撮影したものや、彼自身が被写体となった写真などが日付入りで並べられている。

「センチメンタルな旅」から十八年後。こちらは日記形式で、モノクロの写真の横には荒木経惟による、備忘録のような短文が付されている。

それは平穏な日常からはじまる。

荒木経惟自身がシャッターを押した写真では、おそらくない。なぜなら、最初の一枚には、彼自身も陽子さんと一緒に被写体として収まっているからだ。

その写真には三人の人物が写っている。一番左には、マイクを持って歌っている女性。豹柄のトップスやメイクを見ると、プロのように見える。その右側で、陽子さんと荒木経惟は手をたずさえてダンスをしている。

中央に位置する陽子さんは、カメラのほうに目を向けて——笑っていた。

すみれは紙野君からこの本を買ったことを後悔しそうになる。

四十二歳になった陽子さんは、美しかった。「センチメンタルな旅」で見せた、若い頃のどこかとんがった印象は、経験に磨かれたしなやかさや包容力を感じさせる、中年の女性ならではの美へと変貌を遂げている。

彼女に頬を寄せて、やはりカメラに目線を送っている荒木経惟は、とても幸せそうな笑みを浮かべている。写真にはこんな短文が添えられていた。


5月17日は陽子の誕生日。

どんなに忙しくてもふたりで終日すごすことにしていた。

この写真がふたりでの最後の写真になってしまった。


このページの先に待つ陽子さんの死を、すみれも悲しまずにはいられないだろう。

紙野君にこの本の内容を聞いたとき、躊躇に似た抵抗をおぼえたもうひとつの理由がそれだった。すみれは読書には楽しさを求めたいほうなのだ。

陽子さんの死はすみれに悲しみをもたらした。が、写真集に最後まで目を通したあと、またべつの感懐《かんかい》も芽生えていた。

前回の滞在時間と、この本を手元に置いていた時間を考えれば、池本氏も一度は最後まで目を通しているはず。それでももう一度見ようと思ったのは、心になにかが残ったからだろう。

やはり彼も、荒木経惟とおなじように妻を亡くした人なのではないか、とすみれはまた思い、それからすぐに意識をランチの準備へと切り替えた。

本日も二種類。中華風ちまき、もしくはエッグベネディクトだ。

中華風ちまきは豚の角煮、戻した干し椎茸と干し海老、ピーナッツを具材に、味付けして炒めたもち米と竹の皮に包み、蒸すのではなくねっちりと茹であげたもの。茹でた青菜、カリフラワーのココナッツカレー風味サラダ、豆乳のスープがセットだ。

エッグベネディクトは、半分に割ってトーストしたイングリッシュマフィンのオープンサンドで、半熟のポーチドエッグと、バターや卵黄などで作る濃厚でとろりとしたオランデーズソースがポイントとなる。これらが、かりかりしたパンの食感と合わさって美味しさがかけ算されるのだ。ポーチドエッグの下の具材は二種類。ひとつはスモークハムで、ひとつはスモークサーモンだ。肉と魚のアクセント。

輪切りにした青トマトに衣をつけて揚げたフライドグリーントマトと、ミント、コリアンダー、クミンシード、レモンの絞り汁などと合わせたオニオンのピクルスを添える。

飲食業は材料費との終わりなき闘いだ。

すみれ屋のランチは、おそらくほかのカフェと比べて原価率が高い。すみれのなかには、店の存続をすべてに優先しようとする冷徹な経営者と、お客様をおどろかせたいエンターテイナー的な料理人のふたりがいて、せめぎ合っている。

ランチに関しては後者が優位を占めている。ここまで充実してバリエーションに富んだ日替わりランチを提供しているカフェはほかにないはずだ、という自負があった。

ひとりで作っているので手間もかかるが、逆に、人を雇ったら価格を上げなくてはいけなくなる。すみれが病気などでキッチンに立てなくなると成立しない、という点で大きなリスクを負っているが、それはすみれ自身が選んだことだ。

「こんにちは。オーナー、今日のメニューも素敵ー」

十一時半すぎにドアを開けて入ってきたのは、岡田さんだった。

「いらっしゃいませ」すみれは笑顔で出迎える。

「今日はいつもより、ひとり多いんですけど……」

テーブル席のほうに目を向けた岡田さんは、池本氏の存在に目を留めると、はっきり表情を曇らせた。

女性たちの数を数えると、たしかに今日は六人ではなく、七人のグループだ。仲良しのママ友さんがひとり増えたのだろう。

空いているテーブルは三つしかない。今日はいつもより混むのが早く、カウンターも九席のうち、すでに五席が埋まっている。

すみれは内心の落胆を隠して岡田さんに頭を下げた。

「申し訳ございません。本日はあいにく、席が空いておりません。お待ちいただいても、ランチタイムに空くかどうかは正直わかりません」

「――わかりました」岡田さんは、かすかに顔をこわばらせた。

池本氏が前回も前々回も自分たちより後までいたことが記憶に残っているのだろう。

グループのほかの人たちに向かって、すみれが言ったことを伝えた。

「今日はべつの店に行ったほうがいいかも」

すると、そのなかのひとりの女性が、「あのー、すみません」と手を挙げた。

背が高く痩せた女性で、丸い眼鏡をかけ、髪の毛を後ろでまとめている。ダウンベストにフードつきのパーカを重ね着して、細い脚にぴったりしたジーンズ。メイクはしていない。六人組のひとりとして、すみれが見知っている女性だ。

「どうしたの、倉木《くらき》さん」岡田さんが言う。

「いえ。ちょっとだけ、いいですか」

倉木さんと呼ばれた女性は、すみれの前を通り、店のなかへと進んでゆく。一番奥のテーブル席の手前で立ち止まると、倉木さんは池本氏に声をかけた。

「すみません」

池本氏が、読んでいた本から顔を上げた。

「あ、こんにちは」倉木さんが、あらためて挨拶する。「申し訳ありませんが、あちらのカウンター席に移っていただくことはできないですか?」

池本氏が、けげんそうな顔になった。「なぜ?」

「わたしたち、七人いるんです。こちらのテーブルを空けていただけると助かります」

池本氏は、入口近くにいる岡田さんたちに目を向けた。「お断りする」

「どうしてですか?」

「もうひとり来るんだ」

「失礼ですが、本当ですか?」

池本氏が顔色を変える。「……どういう意味だ」

「わたしたち、前回も前々回も、すぐ隣に座ってたんです。でも、わたしたちが来る前から帰るまで、ずっとおひとりでしたよね? 本当に待ち合わせなんですか」

訊きにくいことを訊いてくれたものだ、とすみれは思った。が、黙って見ていられる状況ではなくなった。ふたりのほうへ近づく。

「あんた……人を嘘つき呼ばわりする気か」池本氏の顔が怒りで赤く染まっている。

すみれは、倉木さんに見える場所で立ち止まった。

「大変申し訳ございません。本日は満席ですので、またのお越しをお待ちしております」

そう告げて、頭を下げた。

倉木さんの顔には、納得がゆかないという表情が浮かんでいる。

「……今日、こちらにお願いするつもりだった、貸し切りパーティの相談をしようとしてたんですよね」

残念そうでもあり、いくらかはすみれを非難しているようでもある口調だった。

「申し訳ありません」すみれはまた頭を下げた。

倉木さんは、すみれに背を向けると、仲間たちのほうへ戻っていった。

岡田さんたちのグループが、店の外へ出ていく。

すみれは、池本氏に向き直った。

「不愉快な思いをさせてしまい、申し訳ありませんでした」頭を下げる。

「最近の日本人は、自分のことしか考えられなくなってしまったみたいだな」

池本氏は憮然として言った。

キッチンに戻ると、ドリンクを作っていた紙野君が、問題ないかと問うようにちらりとすみれを見た。すみれは、大丈夫だという意味を込めてうなずいて見せる。

倉木さんの言いたいことは理解できるし、売上のことを考えれば、池本氏よりも岡田さんや倉木さんたちを優遇するほうがあきらかにメリットがある。彼女たち自身がお金を落としてくれるだけでなく、地元のママ友達という強力なネットワークへの口コミまで期待できるのだ。

さっきの出来事で彼女たちが機嫌をそこね、貸し切りパーティをとりやめるようなことがあれば、その分の売上もロスすることになるだろう。

しかしこの店でルールを作るのはすみれだ。もっと言えば、すみれ自身がすみれ屋のルールなのだ。

たとえばラーメン屋さんなら、お客様をお待たせしないために、フレキシブルに席の移動をしてもらってもいいかもしれない。すみれ屋はちがう。すみれがそう決めているからだ。

その日は久しぶりに、ランチタイムのピークでも満席にならなかった。

だが、そういうこともある。結局この日も池本氏は最初のコーヒー以外には注文しなかったし、ランチタイムのピークが過ぎても、待ち合わせの相手は来なかった。

が、池本氏の行動には変化があった。

店が落ち着いたところで、紙野君はキッチンを離れ、古書スペースの陳列台の隅でパソコンに向かって作業をはじめた。すると、それを待っていたかのように池本氏が立ち上がり、紙野君のほうへと歩み寄ったのだ――手に本を持って。

『センチメンタルな旅・冬の旅』だ。キッチンにいるすみれにもわかった。

「この本のことだがね」と池本氏は紙野君の都合を斟酌せず彼に声をかけた。紙野君が作業の手を止めて顔を上げる。眼鏡のレンズがきらりと光った。

「ちょっと疑問に思ったんだが」

「なんでしょうか?」

紙野君に不快そうな様子はない。むしろ池本氏の話に興味を持っているようだ。

「荒木なにがしという写真家のことは知っていた。週刊誌なんかでグラビアを見たことがある。扇情的な女の裸ばかり撮ってる下劣なやつだと思っていたが、この本は最低だな。これ、奥さんだろ。新婚旅行で奥さんのヌードを撮って、写真集として出版する。俺にはわからんね、その神経が。君にはわかるか」

池本氏の言葉は、質問というよりは詰問に感じられた。

紙野君は、しばらく考えていたが、

「自分が写真家だったらそうするかどうか、僕にはわかりません。ただ、序文を読んだら、彼がそうした理由については納得できました」

「扇情が目的か、妻の裸をひけらかしたいのか、とにかくそういう悪趣味の言い訳みたいに思えたがな」

「そうですか? 僕には、写真への愛や、写真家としての覚悟を素直に語っているように思えますけど。写真で『私小説』をやるというなら、愛する妻のありのままの姿を撮るのはなんの不思議もありません」

「ヌードである必要はないだろ。それも、ホテルや旅館でいたしてるところばかり。なかには、あきらかに最中としか思えない写真もある。こんなのたんなるエロ写真じゃないか」

池本氏は、けがらわしいとばかりに顔をしかめた。

「たしかに、彼の写真には、『エロティシズム』というより『エロ』っていう下世話な言葉のほうが似合う隠微さはあると思います」

「ほら見ろ。そんな人間が芸術家ぶってるのがおかしいと言ってるんだ」

「そこは同意できないです。エロで隠微だからって、品性が下劣とは言えないと思います。『センチメンタルな旅』って、すごく透明感のある写真集じゃないですか」

この若造はなにを小賢しい文言を並べ立てているのだ。池本氏の顔に、そう言いたげな表情が浮かんだ。

「じゃあ、百歩、いや千歩譲って『センチメンタルな旅』はそういうことにしようか。だが『冬の旅』はどうだ。こっちには奥さんのヌードはない。というか、奥さんを写した写真そのものがごくわずかしかない。住んでる家の屋上とか、飼ってる猫とか、病院の近くの風景とか、そんな写真ばっかりだ。添えられた文章を読むと、奥さんが、癌で具合のわるくなった自分の姿を写して欲しくないと言ったからだとわかる。病床の彼女の写真は、シーツから出た右手が見えるものだけだ――」

いつになく饒舌な池本氏の指摘どおり、「冬の旅」では、病を得た妻の陽子さんそのものを被写体とせず、荒木経惟の目に映る景色を写すことによって彼女の死と彼の喪失とを描出している。

何枚かの例外を除けば、陽子さんは、荒木経惟が彼女がまだ元気な頃に撮影し、遺影として使った肖像写真と、陽子さんを象徴する、黒猫を抱いた少女を描いた道ばたの看板によって、アイコンとして登場する（化粧函に使われているのはイラストではなく、この看板の少女をアップにしたものだったのだと、「冬の旅」を見てすみれは理解した）。

「結局、荒木というこの写真家は、自分の妻の死を商売の種にしたんだよ。写真も文章も、あまりにも直截すぎて陳腐だ。俺だってよく知らないが、私小説っていうのは、芸術なんだろ？　こんな安っぽいお涙頂戴じゃないはずだ」

池本氏は勝ち誇ったように紙野君に言った。

紙野君は、ゆっくりと口を開いた。

「僕はそう思わないです。『冬の旅』では、『私小説こそもっとも写真に近い』という写真家の言葉を、われわれ読者は時系列に沿って並んだ写真を通じて、写真家の視点に寄り添うかたちで一緒に見守る。病床の陽子さんの姿を――荒木経惟の手を握る右手を除いて――写さないことによって、愛する者の死とそれによってもたらされる喪失とを、僕たちはかえって、自分たちにもかならず降りかかる、普遍的なものだと感じられる気がします」

紙野君の感想は、すみれが「冬の旅」に対して感じたものとよく似ている。

「けれど、池本さんがそう思うのももっともかもしれません。じつは、この写真集が出版された直後、いまのご意見とほぼおなじような論調で荒木経惟を糾弾した、やはり著名な写真家がいます。そのために、ふたりの仲はしばらく断絶したと聞きます」

「ほう――そう感じたのは、俺だけじゃなかったってわけだな」

池本氏はしてやったりという顔だ。

「作品って、芸術家の手を離れた時点で、ある意味もう彼や彼女のものではなくなると思います。そこからなにを感じ取るかは、受け手の自由です。ただ、僕自身は――この写真集を開くと、ひとたび喪《うしな》ったらもう二度とほかのものでは替えの利かない、唯一絶対の愛というものがこの世にあるのかもしれない、という思いを抱きます」

すみれも、「冬の旅」を読み終えたとき、喪失の悲しみだけでないなにかを感じた。それがなんなのかうまく言葉にできずにいたが、紙野君の見解を聞いて腑に落ちた気がした。

一緒にいる時間は長いのにそれが新鮮に聞こえたのは、すみれと紙野君の間でほとんどこうしたことを話題に上らせてこなかったからにちがいない。

かつて自分はそのような愛を経験しただろうか。これから先、経験することはあるのだろうか。紙野君の見解を聞いたすみれはわが身に引き寄せ、そう思わずにはいられなかった。

が、紙野君の言葉が響いたのは、すみれだけではなかったようだ。

池本氏にあきらかな変化が生じていた。顔が青ざめたのだ。さっきまでの勢いはどこへやら、力ない表情で口を閉ざしたまま、手にしていた『センチメンタルな旅・冬の旅』を陳列台に返すと、よろめくような頼りない足取りで席へ戻り、座り込んだ。

しばらく放心していたようだった池本氏はそして、以前の二回ではしなかったことをした。まだ三時半まで二時間もあるというのに、伝票をつかんで立ち上がったのだ。

キャッシャーへ歩み寄る池本氏を迎えるすみれの胸中に、ある疑念がどうしようもなくふくれ上がる。

やはり本当は、待ち合わせの相手など最初からいなかったのか？

もちろんそれを表に出さずに代金を受け取り、彼をドアから送り出そうとしたそのとき、池本氏がドアノブに手を伸ばすより早く、ドアが外から引き開けられた。

「すみませんっ、池本さん、遅くなっちゃって――！」

呆然と立ち止まる池本氏に向かってそう言ったのは、三十代前半に見える、小柄でふくよかな女性だった。

——ついに待ち人が現れたのだ。

はたして彼女と池本氏がどういう関係なのか、すみれのなかに好奇心が湧き上がったが、それを確かめることはできなかった。

ふたりが店を出て行ったからだ。

なぜかそのとき、すみれは、池本氏がこの店へ来ることはもうないのではないかと感じた。が、その予感はまたしてもまちがっていた。

池本氏がすみれ屋を訪れたのは、その三日後のことだ。

彼は、これまでとちがい、午後一時過ぎにやってきた。

「いらっしゃいませ。お待ち合わせですか？」

出迎えたすみれがそう訊ねると、池本氏は首を横に振った。「ひとりだ」

すみれは彼をキッチンに面したカウンター席に案内した。

「ご注文は、ホットコーヒーでよろしいですか？」水と紙おしぼりを出して、訊ねる。

「ランチセットにしてもらおうか。その、フィリーズチーズステーキサンドイッチってやつで」

「かしこまりました」すみれは内心のおどろきを隠して答えた。

はじめて注文したランチを、池本氏はじつに美味しそうに食べ、食後のコーヒーを満足そうに味わった。それから、キッチンで食器を片づけている紙野君に声をかけた。

「君のおかげで目が覚めたよ」

紙野君は顔を上げ、なにも言わず池本氏を見つめた。

「先日、『センチメンタルな旅・冬の旅』について意見を交わしたあとで、じっくり考えてみた。君は、愛という言葉に言及した。が、それは俺の辞書にはない言葉だった。それでわかったんだ、こんな年になって女房に愛想を尽かされたわけが――」

そして彼が語りはじめた内容を、すみれも近くで聞いていた。

池本氏は奥さんを失っていた。けれど死別したわけではなかった。離婚したのだ。

五年ほど前、彼はそれまで勤めていた会社を定年退職した。お堅い会社で、本人も真面目に勤め上げたつもりでいた。プライベートでも、奥さんとふたりの子供に恵まれ、子供たちも立派に成人して社会人になり、それぞれ家庭を持って幸せに暮らしていた。

「華々しいことはなかったが、まずまず上等な人生じゃないか。俺はそう満足していた。でもそれは、俺だけの思い込みだった」

一年半ほど前、池本氏は奥さんに突然、離婚を突きつけられた。

池本氏が仕事にかまけ、家庭のことを彼女に投げっぱなしにしたのを夫人はずっと不満に思っていたのだという。外に働きに出たくても、専業主婦としての務めを果たせと池本氏から家に縛りつけられ、自由を奪われていた、というのも我慢がならなかった。子供たちが成人して自立したら、いつかは離婚を切り出すという決意をひそかに温めつづけていたのだ。

ふたりの子供たちも、母親の味方となって彼女を擁護した。気がつけば、池本氏は家族のなかで孤立無援になってしまっており、離婚に同意せざるをえなかった。元の奥さんとなった女性は郷里に帰り、そこで第二の人生を謳歌しているらしい。

すみれは、岡田さんに待ち合わせの相手は奥様かと訊かれた池本氏が逆上した理由がわかった気がした。岡田さんが離婚を知っていたとすれば嫌みに思えるだろうし、そうでなくても、池本氏のなかで妻に捨てられた心の傷は癒えていなかったのだ。

「俺は浮気もギャンブルもしなかった。酒を過ごしたこともない。家に毎月きちんときちんと金を入れていた。なぜ離婚しなきゃいけないのか、妻の話を聞いても納得できなかった。家族みんなに迫られて仕方なく離婚に応じたけど、毎日うらめしく思ってたよ――なんでいまさら俺がこんな目に、ってね。でも、『センチメンタルな旅・冬の旅』を見て君の話を聞いたら、わかった気がした。俺は、妻がいることを当たり前に思ってた。あいつをかけがえのない存在だと思っていなかったんだって」

紙野君は、ただうなずいた。

「ここに来るたび、待ち合わせ、って言ってた相手、あれは——出会い系メールに雇われたサクラの娘だ」池本氏の口から、思いがけぬ言葉が飛び出した。

「出会い系……？」紙野君が不思議そうにつぶやく。

「なんだか寂しくなってね。そういうのにいくつも登録して、やりとりしてた。自分がだれかに必要とされているっていう感覚が欲しかったんだろうな。そしたら、難病の母親を抱えていて、俺に、援助して欲しいっていう純情な娘の文通相手が現れた」

すみれには彼の言葉の見当がついた。ようは、騙されたということだ。

「恥ずかしい話だが、母親の病気の治療費として、三回、合わせて百万円を振り込んだんだ。そのお礼に会いたいと言われて、この店を指定された、っていうわけさ。知ってのとおり、最初の二回はまんまとすっぽかされた。それでも俺はまだ彼女の言葉を信じていた。そのままだったら、騙されつづけていただろう。俺の目が覚めたのは、まさにあの『センチメンタルな旅・冬の旅』のおかげだ」

「……どういう意味ですか」

「君の感想を聞いてわかった。俺は、別れた女房のことを命がけで愛していたわけでもなかったし、彼女との離別を本当に受け入れていたわけでもなかったとね。だからそんな話に引っかかったんだ。ここで二回すっぽかされたあと、ようやくご本尊が姿を現した。あのあと、べつの店で嘘の上塗りを聞かされたが、まともに受けられなかったよ。よくもまあ、安い手品に引っかかっていたもんだと、われながらあきれたさ」

そういうことだったのか。

「ありがとう」池本氏は、紙野君に声をかけた。

「いえ」

池本氏が、今度はすみれに顔を向ける。

「名前も知らなかったあんな旨いサンドイッチがあったなんて、長生きはするもんだな。胃をわるくして、大好きなコーヒーも一日一杯と決めてるくらいで、最近はあんまり食欲がなかったんだが、あなたが作る料理は、どれも旨そうだったよ。待ち合わせの相手が来たらみっともないと思って、食事を頼むのは我慢してたが、今日は心置きなくがっつかせてもらった」

「ありがとうございます」

「出会い系で騙されて、ひとつだけいいことがあったよ」

「なんですか？」すみれは訊ねる。

「あの女性、なぜかはわからないが、俺との待ち合わせにここを指定した。近所に住んでいても自分じゃアンテナに引っかからないが、じつにいい店だった。コーヒーも料理も旨いし、なにより客を大事にしてくれる。あなたが店主なんだね。また寄らせてもらうよ、オーナー。食べそこねたランチを征服したい」

すみれは微笑んだ。「ぜひお越しください」

池本氏はその日、紙野君から『センチメンタルな旅・冬の旅』、それから、『パン屋のパンセ』を買って帰った。

百万円の本

1

すみれの朝は早い。

毎朝、六時には起きるようにしている。一時間半ほどでシャワーなどの身支度を済ませると――メイクにかける時間は、かつてスーツを着て会社へ通勤していた頃と比べ、半分くらいだ――階下へ降りる。

店の前には、幅の広くない道路に面して庭とも呼べないわずかなスペースがある。すみれはそこに、木製のプランタースタンドやテラコッタのプランターを並べていた。

すでに暑さを感じさせる七月の陽射しの下、黄色とオレンジのマリーゴールドが寄せ植えのなかでひときわ力強く輝いている。ガーデニングをするようになったのはすみれ屋を開いてからだが、マリーゴールドは初心者のすみれにも育てやすい花だ。豊かな生命力が元気もくれる。

じょうろで植物に水をやり終えると、いつものタイミングで大泉《おおいずみ》さんがやって来た。

大泉さんは近所にあるパン屋の主人だ。すみれ屋の営業がある日は朝に一回、午後のアイドルタイムに一回、配達してくれる。五十代の後半だろうか、いかにもパン屋さんらしいとすみれには思える丸っこいにこやかな顔をした男性で、袖をまくり上げた白衣と、上に着ている茶色いエプロンがよく似合っている。

袋詰めしたパンを載せた番重《ばんじゅう》を両手で抱えた大泉さんのために、店のドアを開ける。番重とは、パン屋さんなどが使う四角く平べったい箱のことだ。大泉さんの店では、プラスチックではなく、店名が焼き印された木製のものを使用している。

大泉さんと一緒に、パンの香りがふわっと店に入ってきた。

「いやあ、暑くなったねえ」彼は、こめかみに汗を浮かべて言った。いつもにこやかなので、ひょっとしたら困っているのかもしれないが、暑さを歓迎しているように見える。

「いよいよ夏ですね」すみれは答えた。

大泉さんは、カウンター内のいつもの場所へ番重を載せ、パンの入った袋を取り出した。すみれはカウンターの外から中身を確認し、納品書にサインする。

「僕は、暑いの苦手なんだよね。年がら年中オーヴンを相手にするパン屋なんかやってるくせに」大泉さんはにこやかにそう言った。歓迎しているのではなく、やはり、困っているほうだったのだ。

「すみれさんは、どう?」

「わたしは、得意かも。高校生まで水泳部だったせいもあるのか、夏は大好きです」

「そうか。うらやましいなあ」

大泉さんの店は、先代から二代つづく昔ながらの町のパン屋さんだ。店を継ぐ前にさまざまな店で研鑽《けんさん》を積み、フランスでも修業した経験を持つという。

すみれ屋のオープン当初、つき合いのある地元の商店の人たちや、大泉さんの店のお客様にまですみれ屋を宣伝してくれたのでずいぶん助かった。サンドイッチ作りに有益な意見もくれるし、セモリナ粉入りのロングロールのように、すみれのわがままを聞いて、店にはないパンを開発してくれることもある。

いまや彼は、すみれ屋になくてはならない心強い存在になっていた。変わらぬ穏やかな人柄も好ましい。店で接客をする彼の夫人も夫君によく似た、にこやかな女性だ。

「今日は少し早めに焼いてるから」

「ありがとうございます」すみれは大泉さんを送り出した。

サンドイッチに使う食パンは、焼きたてではなく冷めて生地が落ち着いたもののほうがよい。大泉さんは、すみれ屋の営業時間に合わせ、生地の状態が落ち着くようにタイミングを見計らってパンを焼いてくれる。今日は昨日より一気に暑くなっている。それで早めに焼いてくれたのだろう。

大泉さんがパンを搬入してくれると、すみれはかならずそれを使って朝食を作る。パンの状態を確かめ、サンドイッチの味を固めるためだ。

今日仕入れたのは、白い角型食パンとバゲット。ランチにはコンビーフサンドイッチを考えていた。いつもならそれを朝食として作る。だがすみれはこの朝、日分のために夏らしいひと品を作ることにした。きゅうりのサンドイッチだ。

きゅうりは、パンの大きさに長さを合わせてごく薄くスライスしたものに塩を振り、バットに十五分ほど置く。無駄な水分を出して旨みを引き出すためだ。じんわりとしみ出した水気を、キッチンペーパーで拭き取る。

きゅうりのサンドイッチは、ヴィクトリア朝のイギリスにおいて上流階級の美学にかなう食べ物のひとつだったという。紙のように薄くスライスしたきゅうりを、プルマンローフと呼ばれた、サンドイッチ用のホワイトブレッドにサンドしたものがそれだ。プルマンローフも、刃の長いナイフでごくごく薄く切ることが理想とされた。

具材はシンプルにきゅうりのみ。パンに塗るバターも、きゅうりの水分がパンに滲みない程度に気持ちばかり塗るに留める。栄養価が低いのは、食事ではなく、紳士淑女がアフタヌーンティーにティーサンドイッチとしてつまむためであり、暴飲暴食は貧しい農民や労働者がするもの、という当時の上流階級の哲学にもフィットしていた。

すみれは上流人士ではないので、イギリスの伝統的なティーサンドイッチのレシピにはしたがわない。

パンの厚さは、コンビーフサンドイッチに使う一・二五センチ。ソフトバターの代わりに、わずかにマヨネーズを混ぜたクリームチーズを、きゅうりの風味を殺さぬ程度に塗る。水気を抜いたきゅうりを何層にも重ね、ホワイトペッパー少々と、さらに、刻んだフレッシュミントの葉を散らす。

パンで挟んだものを上から手で軽くプレスし、具材とパンを馴染ませてから、サンドイッチ専用にしている包丁で四方の耳を落としてゆく。パンを潰さないことが肝要だ。最後にパンを切り分ける。シンプルなきゅうりのサンドイッチなら、縦に三分の一に均等に切るのがすみれは好きなので、そうする。

朝食のメニューはほかに、サラダとジュースだ。

今日は、ベビーリーフとアスパラガス、ミニトマトに軽くローストしたクルミと松の実を混ぜてシンプルなドレッシングを合わせ、そこへポーチドエッグを載せ荒く削ったパルメザンチーズをかけたサラダを作った。

ジュースは、アーモンドミルクとラズベリーとブルーベリー、いちごをミキサーにかけたものだ。

カウンター席に座り、窓の外に降りそそぐ陽射しを眺めながらサンドイッチを頬張る。パンのふんわりした食感が、しゃきっとしたきゅうりの歯触りを優しく包み込む。ほのかなクリームチーズのコクと芳香が、きゅうりの涼しげな味わいとパンの甘やかさをつないで、ひとつにまとめ上げる。フレッシュミントがきゅうりの爽やかさを引き立て、すみれは味覚を通して夏の訪れを実感した。

ふと、こんな短歌が浮かんでくる。

あたたかいパンをゆたかに売る街は幸せの街と一目で分かる

紙野君がクリスマスにくれた杉崎恒夫の歌集『パン屋のパンセ』の一首だ。一番ダイレクトに心をつかまれた歌かもしれない。

わかるなあ、というのが第一印象だった。朝、パン屋さんの前を通るときの焼きたてのパンの匂いがあざやかに蘇ってくるような歌だ。

温かなパンは幸せにつながっている。実感として深く首肯《しゅこう》できる。『パン屋のパンセ』には、食べ物を詠んだ歌が少なからずある。タイトルに「パン屋」と入っているだけあって、なかでもパンの登場回数は多い。

こんがりと夕焼けベーカリーが焼きあげしクロワッサンを一つください

杉崎恒夫はじっさいに食べ物としてのパンが好きだったのだろう。けれど、どうやら彼にとって、パンというのは象徴的な存在でもあったようだ。

バゲットを一本抱いて帰るみちバゲットはほとんど祈りにちかい

といった歌を見ると、そう思えてくる。そういえば、キリスト教圏の人間にとってパンはたんなる食べ物ではなく、最後の晩餐での言葉からキリストの肉体だという認識もつねにどこかにあるのだと、聞いたことがある。

杉﨑恒夫の「祈り」は特定の宗教に限定されない、もっと広いものだと感じる。彼の歌のモチーフとなるパンは、だからこそ、なにがしか神聖さに通じるものであったとしてもけっしていかめしいものではなく、あくまで軽やかさを失わないのだ。

そんなことを考えながらゆったり朝食を摂っていると、ふいに、この世界は完璧に調和しているのだと感じられる瞬間が訪れたりする。だがもちろん、われわれの住む世界は平穏さだけで構成されているわけではない。不穏さもつねに存在し、この日すみれはそのひとつに触れる。

井上香奈子《いのうえかなこ》さんと健太《けんた》君の親子がやって来たのは、いつものように午後七時過ぎだった。テーブル席が埋まっていたので、すみれはふたりをカウンター席に案内し、水と紙おしぼりをサーブした。

「ピーチメルバ、ってどんなデザートでしたっけ？」

メニューを見た香奈子さんがすみれに訊ねた。

「バニラシロップで茹でて冷やした桃をバニラアイスクリームと合わせて、ラズベリーソースをかけたものです。桃が出回る夏だけの限定メニューとしてはじめたので、おすすめですよ」すみれは答える。

「わたし、それにします。あと、アイスティーを。健太は？」

「前とおなじ」健太君はぶっきらぼうに応答した。

「えーと、ピーナッツバターサンデーだったよね。すみれさん、それもお願いします」

「かしこまりました」

そこで香奈子さんは、すみれに向かって、「ニュース、観ました？」と言った。

なんの話なのか、すみれにはすぐ見当がついた。

「観ていませんでしたが、紙野君に聞いて。やっぱり、事件だったんでしょうか」

「そうは思いたくないんですけどね」香奈子さんは困ったような笑みを浮かべた。

「心配だよねえ、健太」

「ぜんぜん心配じゃねーし」

健太君はつっけんどんにそう言うと、席を立ってすぐ後ろの陳列台に向かい、平積みされた本のなかから函装された一冊を取った。函から本を出し、立ったまま読みはじめる。この前来たときも、おなじ本を読んでいた。

いまそこでは、紙野君が「フランスの小説」というフェアを展開していた。フローベール、スタンダール、バルザック、ジュール・ヴェルヌ、マルグリット・デュラス、セリーヌなどの作家の本が並んでいる。健太君が読んでいるのは、ジュール・ルナールの『にんじん』だ。すみれも幼い頃、児童向けの版を読んだ記憶がある。

健太君は小学四年生にしては背が高く、骨太な印象を与える少年である。

香奈子さんは息子を振り返り、顔を戻すと小さくため息をついた。

「最近ずっとあんな調子で。心を開いて話してくれないんです」

彼女の言葉を、すみれはデザートを作りながら聞いている。ドリンクの準備は紙野君に任せていた。

「やっぱり難しいですね、子持ちでの再婚って」香奈子さんが言う。

香奈子さんはこの近所で輸入雑貨の店を営んでいる。すみれとおなじ三十六歳で、離婚歴がある。ひとり息子である健太君を育てるシングルマザーだったが、半年前に再婚した。相手は年下で、パン職人をしている。

彼が、香奈子さんと健太君が暮らすマンションに引っ越してくるという形で三人の同居生活がはじまった。が、健太君は新しい父親にまったくなついていない。ばかりか、無視をしたり、あるいは彼に向かって暴言を吐いたりすることもあるという。

たったふたりで暮らしてきた母親の再婚という人生の一大事件と、男の子の反抗期とが重なったのが原因らしい。自立心が芽生える思春期へ向かいつつも、まだ母親に甘えたい愛着も残っているだろう微妙な年頃だ。同性の、父親としては若い再婚相手に対して嫉妬のような感情があっても不思議ではない、とすみれは考えた。

それだけでも母として妻として抱えるには大きな悩みだと思うが、問題は家庭内にとどまらず、外にまで及んでいた。感情をもてあましてか、健太君は学校でもたびたびトラブルを起こしているというのだ。宿題をやっていかなかったり、授業を妨害するように突然大声を出したり、というのはしょっちゅうで、一度はみんなで飼育しているウサギに石をぶつけたこともあった。

先日はおなじクラスの男子を殴って怪我をさせた。健太君はしばらく前からクラスで孤立している。健太君によれば、殴った相手は健太君にいやがらせをくり返していたらしい。筆箱を隠したり、上履きを隠したり。それまでは我慢していたが、ついに「キレた」のだという。呼び出された香奈子さんが学校で担任から聞いた話では、相手の子は、ふざけたふりをして、複数の子と健太君の服を脱がそうとしていたらしい。

それが事実なら抵抗するのは当然だと、香奈子さんの話を聞いたすみれは思った。

ただ、香奈子さんはやり過ぎではなかったか懸念しているとすみれに打ち明けた。態度が反抗的になった頃から、健太君は外でたびたびほかの学校の子供たちとケンカをしているらしい。香奈子さんに自分でそう話したのだ。すみれも、顔に痣《あざ》をこしらえた健太君を店で迎えておどろいたことがある。いまどき、それも東京でそういう子供はまず見かけない。

自分が再婚したことで、健太君のなかに暴力性が目覚めてしまったのではないか。香奈子さんはそう案じている。

彼女はここ数ヵ月すみれ屋に通ってくれている。ふだんは健太君と晩ご飯を食べることができないので、少なくとも週に一度は店を人に任せて、彼とふたりで夕食を共にするようにしたのだという。近所のお店での夕食後、すみれ屋へ来てゆっくりお茶とデザートを楽しむ、というのがお決まりのコースになっているそうだ。

日頃のコミュニケーション不足が健太君の精神的な問題の原因になっていると香奈子さんは考えていた。それを埋め合わせようとふたりだけの時間を作る努力をしているのだろう。

が、彼女の努力が思うような実を結びそうな気配は、いまのところ、ない。

そんななか、健太君が通う小学校である事件が起こった。

最初は五日前。小学校のプールの水底に、茶色いガラスの破片がいくつか沈んでいるのを教師が見つけた。つぎの時間に体育で水泳の授業を行う準備をしていて気づいたのだ。破片は取り除いたものの、危険があるかもしれないという理由で水泳の授業は中止になった。

プールでの授業が再開されたのは、一度水抜きをして、徹底的に底を調べたあとのことだ。だれかが入れたおそれもあるが、故意ではない可能性もあると学校側は考え、警察には通報しなかった——二回目が起きるまでは。

二日前、おなじようにプールの底に茶色いガラスの破片がいくつか落ちているのを教師が発見した。やはり水泳の授業の前だ。

さいわい、どちらの場合も、教師の発見後、子供たちはだれもプールに入っておらず、怪我をした者もいない。が、こうなると偶然とは考えにくい。学校側は警察に通報し、事件はニュースとして報じられることになった。

すみれはほとんどテレビを観ない。ラジオも聴かない。新聞も読まない。ニュースはネットで拾い読む程度だ。一度目が起きたあと、香奈子さん親子が店にやって来て、彼女の口からすみれはガラスの破片がプールに入っていた話を聞いた。だれかが故意にやったのではなく、なんらかの事故であって欲しい。香奈子さんはそう言っていた。

でも二度目が起きた。健太君のこともあるのに、心配の種が増えて心穏やかでないにちがいない。

親族や友人のそれを間近で見たり話を聞いたりしているので、子育ての大変さはすみれにも想像できる。いっぽうで、女性が経営者として事業を維持することの難しさについては日々体感しており、子育てと両立させようと努力している香奈子さんには敬意を払いたくなる。

香奈子さんはどちらかといえば小柄で、ショートボブが似合うかわいらしい女性だ。清潔感のある、少しゆるめのフェミニンなファッションとあいまって、年齢より確実に若く見える。シングルマザーとしても経営者としても苦労はあったのではないかと思うが、それをあまり感じさせないおやかな空気感を持っている。

すみれはデザートを作り終え、ドリンクの準備をした紙野君にサーブを任せた。

香奈子さんはアイスティーとピーチメルバ、健太君はピーナッツバターサンデーだ。

「健太、おいで。デザートだよ」香奈子さんは振り向いて、健太君に声をかけた。

健太君はそれを無視して本を読みつづけている。

「もう……溶けちゃうよ。お先にいただきます」

香奈子さんはスプーンを取って、ピーチメルバを食べはじめた。

「わあ、すごく美味しい……！　懐かしい味なのに、はっとするほど新鮮ていうか」

すみれは微笑んだ。

「ピーチメルバは起源がはっきりしているんですよ。十九世紀終わり、ロンドンのサヴォイ・ホテルの料理長だったフランス人のエスコフィエが、オーストラリアの歌姫ネリー・メルバのために創作したのがはじまり。シンプルな組み合わせだけど、さすがフランス料理の歴史に残る偉大なシェフが考案しただけあって、完成されてますよね」

フレッシュな桃の皮を剥かずに、砂糖を溶かしてバニラビーンズ、レモンの絞り汁少々と皮を入れた湯で茹で、皮を剥き、冷やす。ラズベリーを砂糖を溶かしたシロップと一緒にフードプロセッサーにかけ、漉《こ》し器で種を除いたピューレにしたものを、盛りつけた桃とバニラアイスクリームにかける。桃、アイスクリーム、ラズベリーソースが一体となり、甘みと酸味のバランスが取れた、優美だが親しみやすい、リッチだが童心に返って素朴に胸を躍らせてくれる夏のデザートだとすみれは思う。

「アイスティーも美味しい。渋みがなくてすっきりして香りがいいし、ピーチメルバにもぴったり。なんだろう、この取り合わせ、子供の頃の夏休みのあのわくわく感がよみがえってくるみたい」

すみれはうれしくなって頬をゆるめた。

「アイスティーは水出ししたものです。学生の頃、アメリカの南部に住むお友達の家に遊びに行ったら、彼女の家族が、サンティーという飲み物を勧めてくれました。水と茶葉を入れたピッチャーを、陽の当たる場所に置いて水出しするからそう呼ぶんだそうです。素敵なネーミングですよね。水出しのほうが、お湯で淹れるより、苦みや渋みを抑えられるんですよ」

すみれは、生命力にあふれた夏摘み、つまりセカンドフラッシュのダージリンを使っている。この時期のダージリンには、マスカテルフレーバーと呼ばれる、マスカットのような天然の甘みがある。水出しすると、その自然な甘みをよりダイレクトに味わうことができるような気がする。

アメリカの南部では、お茶と言えばアイスティー、それもほとんどはシロップの入った甘いものだが、すみれ屋ではアイスティーはストレートで提供し、シロップをミルクとおなじようにポット出ししている。水出しするポットは冷蔵庫に入れているが、すみれは、アメリカ南部で飲んだ、太陽をたっぷり浴びたサンティーをイメージして作っていた。

「すみれさんは、ほんと、お料理上手ですよね。わたし、朝ご飯を作るので手一杯だなあ。再婚相手が料理する人でよかった」

新しい夫はパン職人なので、朝は早い。その代わり帰宅も香奈子さんより早いので、ふだんは彼が健太君のために夕飯を作っているのだという。

香奈子さんは週一回、フラダンス教室へ通っている。そこでできた友人が開いたホームパーティで再婚相手の男性と知り合い、交際するようになった。結婚する決め手になったのは、離婚した前の夫と対照的な性格だった、というところらしい。

別れた夫は複数の会社を経営する遣り手の男性だったが、家庭を顧みず、子育てにもまったく無関心で、香奈子さんはひどい産後鬱《うつ》に襲われた。香奈子さんが助けを求めると、産むことを決めたのはお前なのだから、その決断の結果を引き受けろ、と突き放された。香奈子さんはいわゆるおめでた婚で、前夫は中絶を求めたが、香奈子さんはあくまで産むことにこだわった。彼は、結婚したことで自分は責任を果たしている、とうそぶき、香奈子さんに精神的なサポートをいっさい与えなかった。

香奈子さんは夫と別れる決意をし、相手は同意した。

いまのお店は、かつての夫からの慰謝料と、自らの貯蓄を合わせたお金ではじめたと聞いた。健太君への養育費はいまもきちんと振り込んでいるものの、前夫はハワイでビジネスをはじめるのをきっかけにそちらに移住し、それ以外のつながりは途絶えている。

再婚相手は、雄平《ゆうへい》さんという。香奈子さんによれば、子供好きで優しく家庭的な人物らしい。

雄平さんは一度、香奈子さん、健太君と三人ですみれ屋を訪れたことがある。大柄で木訥《ぼくとつ》な印象があり、香奈子さんがすみれと紙野君に彼を紹介したときには、恥ずかしそうに顔を赤らめていた。

　口数は少ないが真面目そうで、清潔感があった。体ばかりでなく手も大きく、ふっくらして柔らかそうだった。その手を見てすみれは大泉さんを思い出した。大泉さんは大柄ではないが、手は大きく、ふっくらしていたのだ。

　この人も大泉さんとおなじパン職人の手をしている、とすみれは思った。幸せにつながる温かなパンをこね、焼くのは、こうした手なのだと。

「素敵な方と出会えて、よかったですね」すみれは言った。

「ええ。でも――それだけに、あの子に理解してもらえないのが辛くて」

　香奈子さんが、暗い顔をして片手で額を押さえる。

「あの子、彼の前でも、面と向かって『お前』呼ばわりするんです。ひどいときには、『てめえ』とまで……。暴言を吐くか、さもなければいっさい無視。興奮すると、ものを投げつけたりすることもあるんです。わたしも止めるんですけど、何度叱ってもやめなくて。ここへ三人で来たときもそうだったんですが、お気づきでした？」

「ええ」すみれは否定しなかった。

　雄平さんに対する健太君の態度の印象は強烈だったからだ。健太君は雄平さんを「お前」と呼び、「なに言ってんだよ」「ばっかじゃねーの」「死ねば？」等々、辛辣な言葉をたてつづけに浴びせかけていた。子供ならではの、甘えの裏返しの表現とも思えない。健太君の言動には、掛け値なしの怒りや攻撃性が感じられたのだ。周りのお客様が目を丸くしていた。

「お恥ずかしいです……」香奈子さんが小さくなる。「ふつうの男の人なら、絶対に怒ってますよね？　健太、彼が優しくて怒ったり不機嫌になったりしないから、なおさら調子に乗ってるんだと思います」

雄平さんのリアクションもすみれの記憶に残っている。健太君にいくらののしられてもけっして怒ったりはせず、穏やかに笑みを浮かべたまま、泰然としていた。再婚相手の連れ子にあんな態度を取られて、平然と構えていられる人はそういないだろう。身体が大きいだけでなく、心も広い男性なのだとすみれは思ったものだ。

「それだけに彼には申し訳なくて。最近、健太にはなにか心の障害があるんじゃないかって心配に――ごめんなさい、すみれさん。こういう悩みって、なかなか打ち明けられる相手がいなくって」

すみれは店主として、お客様とはほどよい距離感を保っていたいと考えているが、なかには、すみれにプライベートな問題を打ち明けてくる人も少なくない。人は、悩みをだれかに口にするだけで楽になることがあるものだ。利害関係のない、ニュートラルな立場にいる自分は、そうした相手として適当なのかもしれない。

「わかってはいるんです。健太も微妙な年頃だし、彼にとってもストレスになってるんだって。他人が父親になるなんていう経験をする人はめったにいないし、そう簡単に順応できるわけないですもんね」

「難しいと思います」

「――おまけに学校でもあんな事件は起こるし」またその話題を思い出したようだ。「そうそう、じつは、今回もガラスの破片を入れられたの、健太たちの授業の直前だったんですよ」

「本当ですか」

「健太の学校では六学年にそれぞれ四クラスずつあって、体育でのプールの授業は、各学年で二クラスずつ合同に行われるんです。全部で十二組。二度ともそのうちのひとつの合同クラスの直前にガラスが見つかるって、偶然とは考えにくいですよね。子供たちも親も、わざわざそのクラスを狙ったんじゃないかって噂してるんです。高い塀で囲まれていますけど、プールは学校の敷地の隅にあって外の道路に面しているから、だれかがその気になれば、外からも簡単に投げ入れられるので」

もしそうだとすれば、「犯人」はこの近所に住んでいる可能性があるということか。そのような悪意の持ち主が身近にいることを想像すると、心穏やかでいるのは少し難しくなる。とはいえ――その悪意があるとして、向けられているのはすみれではない。健太君のほうが、不安は大きいはずだ。

その健太君が本を手に戻ってきた。函は陳列台に残して、中身だけを。ビニールカバーのついた、赤い布製の本だ。椅子に座ると、片手でスプーンをつかんでピーナッツバターサンデーを食べながら、もう片方の手で本を開いて読みはじめた。

ピーナッツバターサンデーは、ニューヨークのカフェで食べたものを参考に作った。粒入りのピーナッツバターに蜂蜜と牛乳を混ぜたピーナッツソースを、バニラアイスクリームと交互に重ねて層を作り、グラニュー糖、生クリーム、蜂蜜、バター等で作ったキャラメルソースをかけてホイップクリームを載せ、ポテトチップを飾る。子供が好きなものばかりを組み合わせた、甘さも塩気もきわだつ、ちょっぴりジャンクでとても欲望に忠実なデザートであり、スイーツとしては男性客にも人気が高い。夜にはこれを、赤ワインのお供として楽しむ人もいる。

「それ、最近読んでる本だよね」香奈子さんが健太君に声をかけた。「買ってあげる。家でゆっくり読んだら？」

「いや、いい。もう終わるし」本から顔を上げずに健太君が答える。

「もう。ここ、図書館じゃないんだよ」香奈子さんは、カウンターの近くにいた紙野君に頭を下げる。「ごめんなさい、紙野さん」

「お気になさらないでください。読んでもらうために置いているので」

紙野君はいつものように淡々とした調子で言った。

「ありがとうございます。健太、得意科目は体育っていう典型的な元気が取り柄の子なんですけど、本を読むのは小さい頃から好きで。このお店ができて、わたしもうれしかったんです。健太も喜ぶだろうって。連れてきたら、予想以上というか、わたしと話すよりむしろ本に夢中なくらい」

香奈子さんは、本のページから目を離さず器用にピーナッツバターサンデーを食べる健太君を眺めやる。

「ところで、香奈子さん。さっきの話ですが、いま、プールってどうなってるんです？」

紙野君は、すみれが思っている以上に事件のことが気になっているらしい。

「あんなことがあったので、水は抜いたままで、水泳の授業は中止になってます」

「もしだれかが故意にやったのだとしたら、ひどい話ですね。夏の間だけの楽しみなのに」すみれは言った。

「ええ。健太も、今年最初の授業は急にお腹が痛くなって休んだそうですけど、毎年、お手本に指名されるくらい水泳は得意なので、きっと残念だと思います。ね、健太？」

「べつに残念じゃねーし」本に目を落としたまま、健太君が答えた。

「あなたもいろいろ不満があるかもしれないけど、なんでも反抗すればいいってものでもないんだよ。ほんとに素直じゃないんだから」

「うっせーな」

香奈子さんは、苦いものでも噛んだような表情になったが、気を取り直した様子で、

「水泳の授業が減ったぶん、休みの日にプール連れてってあげるね」

「いいって!」ヒステリックに拒絶した健太君が顔を上げ、香奈子さんを見る。「もうそんな年じゃねーから」

「あ、かわいくない。ほんの一年前は、プールに誘うとあんなにはしゃいでたのに」

「一年ってけっこう長いんだけど」健太君はまた本に目を戻している。「……だいたい、あいつもいなかったし」

「健太。雄平さんのこと、あいつって呼ぶのやめない? あなたのお父さんなんだよ」

香奈子さんは真顔になっている。健太君が顔を上げ、香奈子さんをにらんだ。

「父親なんかじゃねーよ。俺はぜってー認めねえからな」

「あなたが簡単に受け入れられない気持ちもわかる。雄平さんも、理解してもらえるまで時間がかかるだろうって。健太、お母さんのこと大切に思ってくれてるよね? お母さんにとって、雄平さんは大事な人なの。健太にもそう思って欲しい」

「思えねえって」

「どうして?」

「あいつが嫌いだからに決まってんじゃん」

「……残念だな。お母さん、彼が優しい人だから好きになったんだよ。こんなこと言ったらなんだけど、健太の本当のお父さんとちがって」

「なに言ってんの」健太君は声を荒らげた。「あいつ、ぜんぜん優しくねえって。俺、反対したじゃん、結婚。男らしくないし、暗いしケチだし、最低のやつじゃん」

「健太の言う男らしいって、乱暴ってこと？　お母さん、本当の男らしさは優しさだと思う。暗いって、物静かっていう意味？　おとなしくて口数が少ない人は暗くて、声が大きくておしゃべりな人は明るいことになるの？　雄平さんは、いつか自分のお店を出すっていう夢のためにこつこつ貯金してるんだよ。それはケチとはちがうからね。お店で売れ残ったパンを持って帰ってくれることを言ってる？　健太、こんなの食べられないって、捨ててたよね。わたし、そんな育て方したつもりないよ」

健太君の顔が青ざめ、それから赤らんだ。

「――っざっけんなよ！　俺が子供だからって、馬鹿にしてんじゃねーよ」

「ちがうでしょ」

「ちがくねーって。お母さん、俺よりあいつのこと信じてるじゃん。なんで？　俺が子供だから、馬鹿だと思ってるからだろ。自分も大人で、大人はまちがってないって思ってるんじゃん」

「大声出さない。大人はそんなふうにすぐ興奮しないでしょ。馬鹿になんかしてないけど、健太はまだ、お母さんと比べたら、人生の経験値が圧倒的に少ないの。そこからしか判断できないから、お母さんとらがう意見になるのはある意味当然なんだよ」

「ほら、俺のこと信じてないじゃん！　いいからさっさとあんなやつと離婚しろって」

「あのねえ」香奈子さんが健太君と向き合う。「いい加減怒るよ。言ったよね？　お母さん、健太を幸せにするために最大限の努力はする。でも、健太ももう大きくなったし、お母さん、自分の人生も大事にする、自分自身の幸せもあきらめないって」

「あいつが一緒たと、俺、ぜんぜん幸せじゃないんだけど。てゆーか死にたいくらいだし」

「健太」ふだんおっとりした香奈子さんの声には、母親の威厳がこもっていた。「雄平さんをお父さんとして受け入れないなら、お母さんも、健太のこと息子として認めないからね」

「うつわ、ひでえ。それじゃまるでにんじんの母親じゃん」健太君が盛大に非難する。

「にんじん？」香奈子さんはけげんそうな顔をする。「ああ、いま読んでる本ね。どんなお母さんなの？」

「にんじんのこと、本当の名前があるのに、髪の毛が赤いからって、にんじんとしか呼ばない。兄ちゃんと姉ちゃんはちゃんと名前で呼んでるのに。で、にんじんにだけ、すっげえいじわるするんの」

「どういう？」

「にんじんにだけメロンをあげなかったり、友達と遊びに行かせなかったり、折檻したり。寝るとき、にんじんの部屋に鍵をかけて、トイレ代わりの壺をわざと置かないとかさ。なのに、おしっこを我慢できなくなったにんじんが暖炉にしょんべんすると、翌朝すっげー怒んの。こっそり壺を戻して、最初から置いといたって嘘ついて。あと、にんじんが寝ぐそしたとき、翌朝、そのうんこを入れたスープを作って飲ませたりするんだけど。ひどくねえ？」

最後のくだりを聞いた香奈子さんは、周囲を見渡した。健太君の声の大きさを気にしたのだろう。

すみれはびっくりしていた。読んだはずだが、ほとんど忘れていたので、健太君が言ったような内容だったのかと記憶が揺さぶられている。

「そんな本読んでたんだ……わたし、そんなにひどいお母さんかな」香奈子さんがため息をつく。「――そう思ってるから、わたしの練習用のパウスカート、全部カッターで切ったの？　フラの教室行く前に気づいたからよかったけど、おかげであの日、練習できなくなって、ほんと悲しかったんだからね」

お店が休みの日、香奈子さんはフラダンスの教室へ通っている。健太君はそんなことまでしていたのか。香奈子さんの関心を惹くためにした行為だと想像はつくが、露骨なまでの暴力性と幼児性に、すみれは息が詰まるような気がした。

健太君が少しあわてた様子を見せた。が、すぐに気を取り直して、

「へへーん。にんじんなんかもっとひどいもんねー。もぐらを石に叩きつけて殺したり、窓のガラスを手でぶち割って同級生をびびらせたり、猫の頭を猟銃で撃って、それでも死ななくて、首を絞めて殺したりさ。子供なのにすごくない？」

話すうち、健太君は興奮してきたようだ。早口になり、瞳の輝きが増している。

すみれはやはり自分の記憶にない『にんじん』のエピソードに衝撃を受けている。

「にんじん関係ないよね？」香奈子さんが冷静に指摘する。「ていうか、『にんじん』って、そんな話だった……？」

すみれが抱いたのとおなじ疑問を口にした。

「健太君の説明、いたって正確ですよ」と言ったのは、近くに立っていた紙野君だ。

「……そうでしたか。そういえば、わたしは読んだ記憶がなくて。子供向けの、ほのぼのした話かとばかり」

「児童向けに章を抜粋したりしたバージョンもありますが、健太君が読んでるのは、岸田國士《きしだくにお》が訳した白水社版で、完全訳。原書のイラストも残酷なエピソードも、そのままです。僕はそっちのほうが面白いと思いますけど」

それを聞いた香奈子さんは、口を微笑の形にこわばらせ、また読書に戻っている隣

の健太君を、不安げに見た。

健太君が本を閉じ、立ち上がった。陳列台に戻り、『にんじん』を函に収め、陳列されていたところに戻した。しばらくそこをぶらぶらしたり、書棚を見回ったりしてから、帰ってくる。

「ねえ紙野さん、『にんじん』読み終わっちゃった。なんかちがう本でおすすめない？」

「どんな？」

「『にんじん』みたいなやつがいいんだけど」

「というと？」

「んー、――子供が負けない話？」

「……ふーん。考えてみるよ」

「よろしく」

「お願いします、でしょ」香奈子さんが健太君をたしなめる。

「――お願いします」健太君は素直にしたがい、紙野君に頭を下げた。

「あのさ。健太君、ひとつ訊いていい？」紙野君が言う。

「なに」

「君の小学校のプールにガラスを入れた犯人、だれだと思う？」

「えっ――」健太君は言葉に詰まる。「知らないけど――ビール瓶のかけら入れてるんだから、おっさんとかが犯人なんじゃないの」

紙野君は健太君をじっと見つめてから「なるほど」と言った。

「なんで？　気になるの？」

「まあね。――『わしは子どもがないんだが、さるのけつでもなめてやるぜ、そのさるがじぶんの子どもなら……。』」

健太君がきょとんとして、それから、ぱっと顔を輝かせた。

「あっ、それ、『にんじん』のおじさんのセリフじゃん！　あのおじさん、すごいよね！　釣りも料理も上手だし、にんじんが昔、溺れそうになったとき、助けたんだよね？」

「だね。みみずをパンの上になすりつけて食べる、にんじんの名づけ親のおじさんだ」

紙野君は、にこりともせずに認める。

「大きなやつは火であぶらないとだけど、すももについてるような小さなやつなら、生で食べる。そんなこともあって、にんじんのお母さんに、気持ちわるがられ、嫌われてる」

紙野君の説明を聞く香奈子さんの眉が、困惑するように上がった。

すみれの顔は、たぶん険しくなっていたはずだ。飲食店のスタッフが接客中に口にするのにふさわしい言葉とは到底思えない。あとで注意しなくては。

「たしかに変なおじさんかもしれない。けど、さっきのはいいセリフだ。そう思わない？」

紙野君の言葉に――健太君は、ゆっくりとうなずいた。

すみれは不思議に思う。謙太君の態度は、さっきまでの香奈子さんへのそれとは打って変わって素直だ。『にんじん』という一冊の本を通じて、紙野君は健太君と心を通わせるのに成功したようだ。

紙野君は、古書スペースのほうへ向かい、本棚から本を何冊か抜き出した。一冊を店の紙袋に入れ、封をして、戻ってきた。紙袋に入っていない本は二冊あった。

「はい」と、紙野君は一冊を健太君に渡す。

イラスト入り、水色の表紙のペーパーバックだ。

「たから、じま……？」健太君がタイトルを読む。

「『宝島』。ロバート・ルイス・スティーブンスンという人が書いた、冒険小説だ」

タイトルの下に、「スティーブンスン作　阿部知二《あべともじ》訳」と書かれている。その下には、なんだか懐かしい感じのペン画が描かれていた。

「冒険小説……？」

「主人公の少年が、海賊の宝を探しに行く話だよ」

「海賊？　それって、『ONE　PIECE』じゃん――！」

「ちょっとちがうと思うけど、僕の意見では、最高の冒険小説のひとつだよ」

「あ、これ、海賊？　杖ついて、片脚しかないやつ」健太君が表紙のペン画を指さす。

「そう。そいつも海賊。ジョン・シルバーっていう。こいつも素晴らしく面白いキャラクターだ」

「へえ」健太君は目を輝かせた。「そっちはなに？」

紙野君が手にしているもう一冊のことだ。

四六判のハードカバー。タイトルは『小さなバイキング』。

こちらも児童書だろう。きれいなクロームグリーン地の表紙には、ペンのタッチが活きたイラストが描かれている。横から角の生えた兜をかぶった、北欧のバイキングの姿をした少年を、やはりバイキングらしい身なりをしたひげ面の大男が見下ろしている。

少年は、中世の一時期、ヨーロッパで怖れられた海賊の一員にしては年齢も幼く見え、体もひょろっとして頼りない印象を受ける。著者はルーネル・ヨンソン。翻訳したのは大塚勇三《おおつかゆうぞう》という人らしい。

「これも海賊の話。ただし、時代と場所はぜんぜんちがう」

「海賊好きだねー、紙野さん。それもおすすめ？」

「ああ。――でも、健太君にじゃない」紙野君は、『小さなバイキング』を、香奈子さんに差し出した。「これは、香奈子さんへのおすすめです。買ってください」

タイトルとイラストを見た香奈子さんの顔に疑問符が浮かぶ。

「……これを、わたしに、ですか？　子供向け、ですよね？」

当然の反応だろう。すみれも、紙野君がその本を彼女に薦めた理由に見当がつかなかった。すみれは、去年のクリスマスシーズン、紙野君が美雪さんにO・ヘンリの本をなかば強引に売りつけたのを思い出した。

止めるのはやめることにする。約束だ。

「ええ」紙野君が答える。「スウェーデンの作家が書いた絵本です。主人公の少年ビッケは、バイキングの族長の息子。小さなバイキング、というのは彼を指します。その昔、日本でこの小説を原作にした『小さなバイキングビッケ』というTVアニメが作られて、けっこう人気だったみたいですよ。原作は長い間絶版になっていましたが、最近復刊されました。これは、それとはべつの訳者が訳したバージョンです」

「でも、どうして……？」

「読んでください。読んでもらえたら、なぜこれを僕がおすすめしたか、わかるはずです。もしわからなかったら、またここへ来てください。そのときには、この紙袋に入った本を買っていただきます」

香奈子さんの困惑が深まったのが表情でわかった。

すみれ自身も同様である。紙野君がお客様にこんなことを言うのははじめてだったのだ。

「ただし、こちらの本は、その二冊とちがって、高いです。値段は、そう――百万円」

紙野君はさらにおどろくべき言葉を口にした。

「えっ」と、香奈子さんが声をあげ、紙野君が手にしている紙袋を見た。

余った部分が折られ、ぴっちりテープで留められている。大きさから見るかぎり、最も一般的に流通している、いわゆる四六判の本のようだ。

すみれは、口を出したくなるのを懸命にこらえた。

眼鏡の奥の目から感情を読み取るのは難しいけれど、紙野君が冗談を言っているとは思えない。なにか考えがあるのだ。

戸惑っている香奈子さんも、そう思いを巡らせたらしい。

「これ……なんの本なんですか？」

古書には稀少さゆえに高額な値をつける、稀覯本《きこうぼん》と呼ばれるものがある。百万円する本もあって不思議ではない。けれど、そうした本は、ガラスケースのなかなどで大切に保管されているはず。すみれ屋の古書スペースにそんなケースはない。それほど高額な本は置いていないはずだ。

紙野君は、スチール本棚から取り出した一冊を紙袋に入れた。すみれはそれを見ている。紙袋のなかに入っている本には、本来、百万円という値付けはされていなかったはずなのだ。

「それは、お教えできません」紙野君が言った。

「わたしが読まなければいけない理由も、ですか？」

香奈子さんの問いかけに、紙野君はうなずいた。

2

その夜、すみれは閉店後、紙野君に夕食をつき合ってもらった。

「説明してもらえるよね、今日のこと」

すみれが切り出すと、紙野君は、「香奈子さんのことですね」と言った。

「すみれさん、健太君の小学校のプールにガラスを入れた犯人の動機、なんだと思います？」

すみれは完全に意表をつかれる。「その事件が関係あるの？」

紙野君がうなずく。

「俺はそう思ってます。犯人は、なぜ小学校のプールにガラスを入れたのか？」

「……さっき香奈子さんは、健太君のクラスや、合同でプールの授業をするクラスを狙った犯行じゃないかって。もしかして、いじめとか？　ほかのクラスの子が、その合同クラスのだれかをいじめるためにやったのかも」

「プールにガラスを入れるのが、どうしていじめになるんです？」

「だって、怪我するでしょう。プールの授業では水着しか着てないんだから、裸みたいなものじゃない。ガラスの破片なんか踏んだら、確実に怪我するよね」

「けど、もしそれが狙いなら、なんで茶色いガラスを入れたんですか」

すみれははっとする。紙野君がつづける。

「プールの底に落ちてたのが茶色いガラスだから、先生がすぐ気づいて授業を中止できたんです。水を抜いて確認しても、茶色以外のガラスの破片は見つからなかった。ニュースによれば、二回目のときもそう。怪我させるのが目的なら、透明なガラスとか、水色のガラスを使うんじゃないですか」

「なるほど。たしかにそうかもしれない。――ていうことは、もしかして、犯人はわざと見つかりやすい色のガラスを入れたということ？」

「でしょうね」

「ということは……いやがらせはいやがらせでも、目的は、怪我をさせることじゃなくて、授業を妨害することだった？　合同クラスの子たちのだれかに、水泳の授業を受けさせなくした。その子はきっと水泳が好きで――」

そこですみれは、あることに気づく。

「もしかして……狙われたのは、健太君？　こないだも、おなじクラスの男子を殴って怪我をさせたっていうし、学校の外でもしょっちゅうケンカをしてるって。彼を目の敵《かたき》にしてる子は多いんじゃないかな」

「もしそうだとすれば、犯人の目的は達せられたことになりますね。プールの授業そのものが全校で中止になったわけですから」

紙野君は否定しなかった。

「でも、不思議だわ」

すみれは皮付きのフライドポテトをつまみ、クリームチーズにパプリカパウダーやニンニクなどを混ぜたスパイシークリームチーズのディップにつけながら、自ら疑義を呈する。

「健太君ひとりにいやがらせをするにしては、やり方が遠回しというか、まだるっこしいというか。授業でプールに入れなくても、その気になれば夏休みにいくらでも自分でプールに行けるし」

「気がつきました？」

生ハムを添えたカリフラワーのムースを咀嚼し終えた紙野君が言う。

「紙野君はそこまで考えていたわけね。じゃあ、こういう可能性はない？　犯人は、特定のだれかにいやがらせをするためにガラスを入れたわけではない。健太君の小学校のプールの授業そのものを中止させるのが目的だった。二回とも健太君たちの合同クラスの直前にガラスが入れられたのはたんなる偶然で、実態は無差別テロ。前に、東京のある地区でこんなことがあってニュースになったよね。建設予定の保育園に、近隣の住民たちが反対して、建設中止に追い込んだ。理由は、そう――子供たちの声が騒音になるから。健太君の小学校の周りも、住宅街。プールで子供たちが騒ぐ声って、すごくうるさく響くでしょ？　だから、それをわずらわしく思った近隣住民のだれかが、水泳の授業をやめさせるためにガラスを入れた。ただ、その目的さえ達せられれば充分だから、子供たちに怪我をさせないよう、わざと発見されやすい色のガラスを入れた」

「筋は通りますね。けど、俺はちがうと思う」

「どうして？」

「俺、プールにガラスを入れた犯人は、健太君だと思ってます」

すみれはまったく紙野君についていけない。「……なぜそう思うの？」

「俺がそう思ったきっかけは、『にんじん』です」

「健太君が『にんじん』を読んだから、彼がプールにガラスを入れた犯人だと思った──紙野君の考えの筋道、わたしにはさっぱり見えないのだけど。教えてもらえる？」

「『にんじん』を読めば、わかります」

……またこのパターンか。「わかった。買います」

今日、健太君や紙野君の話を聞いて、あらためてちゃんと読んでみたくなってもいた。

「でも──もし健太君がプールにガラスを入れた犯人なら、動機はなに？」

「それも、『にんじん』をちゃんと読めば、推理できます」

やれやれ。こうなると、紙野君の考えを変えることはできないだろう。

「じゃあ、香奈子さんに『小さなバイキング』っていう児童書を売った理由はなに？」

「それは、『小さなバイキング』を──」

「読めばわかる？」すみれは少し焦れてきた。「せめて、紙袋に入った本が、なぜ百万円するのか、教えてもらえないかな」

それに対する紙野君の答えは、こうだった。

「『にんじん』を読めば、想像できると思います」

すみれは、疑問への答えを紙野君から引き出すのをあきらめた。飲食中のお客様に適当でない話題を持ち出すのはやめろよう注意だけをして、仕事の話は終えた。

その夜、すみれは寝室で紙野君から買った『にんじん』を開き、最後まで読み通した。

今日、健太君や紙野君がこの小説について語っていたのはすべて真実だった。にんじんの母親は、二人きょうだいの子供のなかでも末っ子のにんじんにだけ辛く当たっている。健太君が並べたようなことのほかにも、ちくちくと針で突き刺すような細かないじわるを積み重ね、にんじんを精神的に消耗させる。

そのやり口は陰険と評してよさそうだ。すみれは経験したことがないが、仄聞《そくぶん》するところの、姑による嫁いびりを連想させる。あるいは、こちらもフィクションでしか例を知らないが、継子《ままこ》扱いという言葉を。しかしにんじんは他人ではない。実の子なのだ。少なくとも小説を読むかぎり、そうでないと示唆する記述はない。

これがふつうの児童文学であれば、物語のラストにはなんらかの救いがありそうなものだ。「シンデレラ」でも「白雪姫」でも、継子いじめをする母親は最後には罰せられ、いじめられた子供は王子様と結婚して幸せに暮らす。ところが『にんじん』にそういうハッピーエンディングはない。母親がそれまで子にしたことを悔いて改心することもなければ、にんじんの本当の母親がべつにいて、それが女王様で、彼はお城に引き取られて幸せに暮らすなどということも起こらない。それどころか、母親から憎まれ、蔑まれ、虐げられつづける生活に絶望したにんじんは、終盤、ラスト近くで自殺しようとまで思い詰めるのだ。

物語の終わりにおいてわずかに希望を感じさせる事件といえば、それまで母親の暴政に忍従してきたにんじんがはじめて彼女の命令に叛旗《はんき》を翻し、拒絶することだろうか。このとき母親は、それまでのように彼を折檻することができない。にんじんはささやかな勝利を得たと判断してよさそうだ。

父親との交流もある。

母親とはちがい、彼はにんじんに、不器用ながらも父親としての愛情表現を示してきた。物語の最後、にんじんは彼に、母親が自分を愛していないこと、そして——自分もついに彼女を愛せなかったことを告白する。すると父親は、自分も妻である彼女を愛していないと打ち明けるのだ。

ちなみに、みみずを食べるという名づけ親のおじさんは、にんじんの数少ない理解者にして味方のひとりだった。

小説の最後まで、母親の根底は変わらない。彼女から自由になるため、働いてでも家を出たいにんじんは、けれど、父親が出している教育費を無駄にもできず、学校を卒業するまでは母親の影響下から逃れられない。

『にんじん』は、派手なクライマックスが生起《せいき》することもなければ、読者に大きなカタルシスをもたらすこともなく、むしろ淡々と終盤へ至り、静かにほろ苦いラストを迎える。

作者であるジュール・ルナールが自身の子供時代をモデルにした、自伝的な小説だというのが、きっとその理由だろう。そうだとすれば、感情表現や感傷を抑制したルナールの、一種ストイックなユーモアさえ湛えた筆致は、見事と言わざるをえない。

ここに書かれているのが事実かあるいはそれに近いものだとすれば、ルナールはかなり悲惨な子供時代を送ったことになる。が、『にんじん』はたんなる陰惨な話に終わっていない。健太君が語った、もぐらを殺す場面はたしかに残酷だが、幼い子供が小動物に対して残酷なふるまいをするのは必ずしも珍しいことではないし、にんじんの場合、自らが日々折檻を受けているストレスがそうさせている可能性があるようにも読める。窓ガラスを拳で割って手を血だらけにするのも、彼自身の癇癪《かんしゃく》持ちの性格にもよるが、現在の言葉で言うなら、自傷癖の一種に見えなくもない。

猫を猟銃で殺そうとする場面は、時代習俗を抜きには語れない。にんじんの家には猟銃があり、父親や兄やにんじんが猟で仕留めた獲物を、にんじんも手伝ってとどめを刺し、解体し、調理して食べる。それは彼らにとって日常なのだ。にんじんがその猫を殺すのは、ざりがにを獲る餌には猫の肉がいいと聞いたからである。

そうしたことを踏まえると、にんじんは、母親のせいでたんに惨めな子供時代を送っている少年ではなく、彼ならではのよさを内に保ち、どんなに打ちのめされてもそれを喪わずにいる強さを持っているたくましい魂の所有者なのだと思えてくる。

すみれは思い出す。紙野君に、『にんじん』みたいな、という注文をつけておすすめの本をリクエストしたさいの、健太君の言葉を。

どんな本か紙野君に訊かれて、健太君は、「子供が負けない話」と言っていた。――そう。にんじんは日々虐げられているが、けっしてそれに屈したわけではなかった。

そこまで考えて、すみれは胸を突かれる。あるおそろしい可能性に気づいたからだ。

ベッドの上で背板にもたれて座っていたが、ふと、見えない手で首元をじわじわと絞められているかのような不気味な圧迫感をおぼえて、息苦しくなった。襖の向こうの廊下にだれかがいるような気がして、動悸が速くなる。

もちろんそんなはずはない。だが――今夜はとても眠れそうにない気がした。

結局、香奈子さんが、紙野君から、紙袋に入った謎の本を百万円で買うことはなかった。その必要がなかったからだ。

一週間ほどして、香奈子さんが店を訪れた。今日はひとりだ。

彼女は見るからに憔悴しており、いつもの明るさはなく、やつれてさえ見えた。平日の昼下がり。ランチのピークが一段落したところで、店は混んでいなかった。

香奈子さんは、カウンターのなかで洗い物をしている紙野君のほうへ歩み寄ると、頭を下げた。

「紙野さん、ありがとうございました。紙野さんのおかげで――あの子がどんな目に遭っていたのか、やっと気づいてあげることができました」

顔を上げた香奈子さんの目は、涙に濡れていた。


L字カウンターの奥の席でアイスティーを注文した香奈子さんは、すみれと紙野君に、夫である井上雄平が傷害と脅迫の容疑で警察に逮捕されたことを話した。被害者は健太君だ。結婚して同居後、井上雄平は香奈子さんがいないときを見すまして、健太君にたびたび殴る蹴るなどの暴行を加えてきた。

優しく、忍耐強く、心が広い――そうしたイメージは、香奈子さんなどに向けて井上雄平が創り上げた虚偽のものだったのだ。彼は巧妙に演技をし、その仮面の陰で執拗に健太君に暴行を加えた。健太君が香奈子さんと自分の結婚に反対し、結婚後もなつこうとしなかったことが動機だという。健太君が香奈子さんに虐待を打ち明けなかったのは、もしだれかに言ったら香奈子さんを殺す、と彼に脅迫されていたためだ。

「健太に暴力をふるっていた夫がわるいのはもちろんですが、そのことに気づかなかったわたしも、母親失格です。自分の幸せを追うことにかまけて、あの子の言葉に耳を傾けなかった。ううん、それどころか、苦しんでいた健太の、必死の訴えにも気づいてあげられなかった……」

香奈子さんは苦しそうに吐き出した。

「紙野さんから買った、『小さなバイキング』、あのあとすぐ読んだんです。なんでこんな子供向けの本を紙野さんがわたしに薦めたのか、気になって――。あのお話、主人公ビッケのお父さんは熊みたいな毛むくじゃらの大男で、力自慢の勇敢な戦士なんだけど、息子のビッケは正反対で、体は華奢だし臆病で頭脳派の平和主義者。そんなビッケが、荒くれ者のバイキングたちと一緒に遠征に出て、持ち前の知恵と頓智《とんち》でいろんなピンチを乗り越えていくお話でした。読み終えたら、わかったんです。紙野さんがなぜわたしにこの小説を読ませようと思ったのか」

彼女は言葉を切った。

「『小さなバイキング』のなかでは、大人たちのだれよりも少年であるビッケが賢いんです。大人たちが犯した失敗を、知恵で挽回するのはビッケ。あの日ここで、健太がわたしに言った言葉を思い出しました。『俺が子供だから、馬鹿だと思ってるからだろ。自分も大人で、大人はまちがってないって思ってるんじゃん』――あの子が言ったとおり、わたしは、自分が大人だから正しくて、あの子が子供だからまちがっている、あるいは理解できていない、そう思い込んでいたことに気づきました」

そこで香奈子さんは、言いにくそうに間を空けた。

「彼――夫への評価について。そこで想像してみました。もしわたしのほうがまちがっていて、健太のほうが正しかったらって。そうしたら、あれって思うようなことがいくつか目についてきたんです」

健太君が時折、井上雄平に対して見せる、日頃の虚勢とは裏腹の怯えた表情。井上雄平が勤め先から持ってきた余ったパンを捨てた健太君を香奈子さんが叱り、無理にパンを食べさせたら、健太君がトイレで戻してしまったこと。それ以来、パンを見ただけで吐き気がするようになったこと。香奈子さんが健太君をハグしたとき、痛そうな声をあげたこと。

ほかにもいろいろあって、それらの点と点を線で結ぶと、彼女が夢にも思っていなかったひとつの像が姿を現すことになった。

「最初は信じたくない気持ちのほうが強かったです。すごく怖かったし。でも、そんなこと言ってられませんよね。健太とふたりきりになれるようにして、本当のことを話してくれるように頼んだんです。絶対にお母さんが守ってあげるからって約束して。そしたら――健太、泣きながら、これまであの人にされたことを――」

香奈子さんもそこからしばらくは言葉にならなかった。

その日、彼女は健太君をすぐ病院へ連れて行き、診療後は実家に泊まり、翌朝すぐ警察に駆け込んで夫がしたことを訴えた。

井上雄平は容疑を認めた。現在も警察に身柄を拘束されているという。

香奈子さんは井上雄平との離婚の手続きを進めている。当然そうするべきだろう。

うなだれていた彼女が、ゆっくりと顔を上げ、紙野君を見た。

「紙野さん、百万円の本なんて、本当はなかったんですよね？　でも、あんなふうに言われなければ、わたし、『小さなバイキング』も、すぐに読むことはなかったと思います。本当にありがとうございました。これ、お礼です。百万円にはとても及びませんが、わたしと健太からの感謝の気持ちです。受け取ってください」

彼女は、持ってきていた菓子折りと封筒を紙野君に渡して、深々と頭を下げた。


閉店後、テーブルに料理とワインを並べ、向き合ってから、しばらくすみれと紙野君は無言でいた。すみれから口を開く。

「紙野君、わたしからもお礼を言わせて。健太君を助けてくれて、ありがとう」

経営者としてではなく、ひとりの大人としてそう言った。

紙野君がうなずく。

「でも、紙野君は、どうしてわかったの？」

「プールが大好きで水泳が得意な健太君が、事件のせいで水泳の授業がなくなったことに、ほとんど反応しなかったから、です。強がりじゃなく、心配している様子もなかったし。なんか変だな、って」

言われてみればたしかにそうだ。

「プールにガラスを入れた犯人の動機を考えたら、すみれさんのあの推理も成り立ちそうですが、ひょっとして、水泳の授業に出たくない生徒がやった可能性もあるなと思ったんです。ずいぶん前だけど、俺の記憶ちがいでなければ、運動会に出たくない生徒が、学校に、爆弾を仕掛けたって嘘の脅迫状を送りつけたというニュースがありましたし。香奈子さん、言ってましたよね。健太君、今年最初の水泳の授業は、直前に急にお腹が痛くなって見学したって」

「うん、おっしゃってた。それで思ったの？　健太君には、水泳の授業に出たくない理由があるかも、って」

「はい。いくらなんでも、夏の間じゅう毎回お腹が痛くなるのは不自然だし、見学したことは保護者にも伝わる仕組みらしいから、香奈子さんに不思議に思われる可能性も高い。それで、二回目の授業の前、休み時間の間にプールの底にガラスを入れることを思いついて実行した。それが効果的だったので、つぎもおなじようにしたんじゃないかって」

そうだったのか……。

「俺、健太君に訊きましたよね。プールにガラスを入れた犯人、だれだと思うか。そしたら彼はこう答えたんです――『知らないけど――ビール瓶のかけら入れてるんだから、おっさんとかが犯人なんじゃないの』って。それって、変ですよね。ニュースでは、プールに入ってたのは茶色いガラスの破片って報道してたけど、それがビール瓶のかけらなんて、言ってなかった」

「ほんとだ」すみれが紙野君に聞いたかぎりでは、そうだった。

「警察は、犯罪について、肝心なところは報道させないようにしますよね。容疑者を捕まえて自白させたとき、犯人しか知らないことを話せば、それ自体が証拠になりますから。今回の事件では、二度とも、授業の前に先生がプールでガラスの破片を見つけて、子供たちはプールに入れなかった。生徒である健太君が、プールに入れられた現物を目にする機会はなかったはずなんです。なのになぜ、そのガラスの破片をビール瓶のかけらって言い切れたのか。入れた張本人だからじゃないのかなって、俺は思ったんです」

「でも、健太君はなぜ、水泳の授業に出たくなかったの？」

「裸を見られたくなかったんですよ、きっと。義理の父親に殴られたり蹴られたりして、全身痣だらけだったんでしょう」

そうか。健太君の休には、井上雄平による虐待の痕跡が刻まれていたのだ。

「義理の父親は、香奈子さんにはなるべくばれないよう、健太君に暴力をふるうときは、服を着ていれば見えない部分を重点的に狙ったはずです。ときどきは顔を殴ったりして、健太君が外でケンカしてきたと嘘をついた可能性もあると思いますが。健太君は、自分が受けている虐待を、だれにも知られたくなかった。たぶん一番の理由は、お母さんである香奈子さんを守るためです。水泳の授業で水着だけになれば、どうしてもそれを隠せないと思った」

健太君は、小学四年生にしては大柄だ。が、井上雄平は成人男性で、そのなかでも体が大きい。本気で暴力をふるわれれば、抗うすべはなかっただろう。すみれは、井上雄平のあの大きな手を、今度は嫌悪感とともに思い出した。

完全に食欲を失っている。紙野君が言葉をつづけた。

「健太君は『にんじん』を、主人公を自分に引きつけて読んでました。『にんじん』という小説は、児童虐待の話、とひと口でくくれるものでもないし、そこに収まりきらない豊穣な魅力がある。ただ、ルナールがあれを書いた当時、そういう概念があったか知りませんが、にんじんは、いまの言葉で言えば、児童虐待のサバイバーです。それで、ひょっとしたらと思って」

紙野君から買った『にんじん』を読んだすみれもあの晩、そのことに思い至って愕然としたのだ。

「じゃあ、香奈子さんのフラダンスの練習用のスカートを切り裂いたのも——」

「香奈子さんがフラダンス教室へ行っている間、井上雄平が健太君の世話をすることになっていたみたいですよね。それって、彼と健太君だけになるってことじゃないですか。健太君は、虐待の事実を明かすことなく、義理の父親と長時間、ふたりきりになるのを避けようとしたんでしょうね。スカートを切ったのは、健太君にしてみれば、言葉にできないぎりぎりの訴えだった」

「彼も……健太君も、負けていなかった。にんじんとおなじように」

「そう思います」

真実を知ってみると、健太君の言動の意味が、まったくちがって思えてくる。彼は戦っていたのだ——母親を守るために。

しかし、すみれにはまだ疑問が残る。

「紙野君は、香奈子さんが『小さなバイキング』を読めば、健太君の身に起きていることに気づくと思った。もし気づかなかった場合、百万円で彼女に買わせようとした本は、なんだったの？　紙野君は、いつか、稀覯本を扱うことには興味がないって言ってたよね。それとも、彼女が言ったとおり、本当はそんなものなかった？」

「ありますよ」紙野君は立ち上がり、陳列台から香奈子さんに見せた紙袋を持ってきた。テープをはがして袋を開け、なかから本を取り出す。

四六判のハードカバー。ひとりの少女が巨大な怪物の面のようなものを両手で持っている絵が表紙になった本だ。

タイトルは――『シーラという子』。筆者はトリイ・L・ヘイデン。縦書きのタイトルの横に、副題がついていた――「虐待されたある少女の物語」。

なるほど。この表紙を見れば、本文を読む必要さえないかもしれない。

「筆者のトリイ・L・ヘイデンは、情緒障害の子供たちのケアをする専門家です」紙野君が語る。「この本は、傷害事件を起こした少女が、じつはひどい児童虐待を受けていたというノンフィクション。発売当時ベストセラーになり、いまは文庫化もされてロングセラーになってます」

とすれば、稀少な本ではありえない。「ほんとは、いくら？」

「うちでは、ふだん三百円で売ってます」

「――香奈子さんに、本気で百万円で売るつもりだったの？」

紙野君は、眼鏡のレンズの向こう、深い眼窩《がんか》の奥からすみれを見た。すみれの心の奥底を見通そうとするかのように。それから、口を開く。

「もし彼女がこれを必要とするなら、百万円でも安いくらいです。そう思いませんか」

すみれがはじめて見る、厳しい表情だった。

3

翌朝。すみれは、いつものように大泉さんが搬入してくれたパンで朝食を作った。オムレツのサンドイッチ。これもまだ店で出したことはない、自分だけのためのメニューだ。

たっぷりの卵をといて塩を振り、生クリームを少々加えたものを、無塩バターを溶かしたフライパンで手早くオムレツにして粗熱を取る。角型の食パンの片面にバターを塗り、薄くスライスして塩を振り水気を切ったきゅうりを並べ、オムレツを載せ、マヨネーズを塗ったパンを重ねて耳を切り落とす。京都にある喫茶店で食べた、オムレツがしっかり厚いサンドイッチが印象に残っていて、それを自分なりのイメージでアレンジしてみた。

少しためらってから、すみれは半分に切ったそれを両手でつかんでひと口、食べてみた。ゆっくり噛み締める。卵のふわっとした食感とホワイトブレッドの優しい弾力に、きゅうりの層がしゃきっとアクセントをつける。口のなかに、卵とバターの風味がほんわりと広がる。

——やっぱり、自分にとって、パンは幸福につながる食べ物だ。

オムレツサンドイッチを食べながらすみれはあらためて実感し、そう思えることに感謝する。

健太君の事件ですみれはショックを受けたが、暴力をふるっていた井上雄平がパン職人だったこともその大きな理由となっている。もちろん、どんな職業に就いている人間にも、悪をなす者はいる。そう承知してはいるけれど。

パン職人ではなかったが、すみれは、「あたたかいパンをゆたかに売る」人たちの仲間でありたいと思う。今日も一日仕事に精を出そうと、少し背筋を伸ばした。

火曜の夜と水曜の夜

1

自営業をはじめようと考えたとき、飲食業に決めたのは、美味しいものを食べたり作ったりするのが好きだ、というのが最大の理由だった。手間と時間のかかる下ごしらえなどの作業でさえ、すみれには苦痛ではなく、楽しい。

これが接客となると、大いにストレスのもとになりえる。開業するさい、できるだけ我慢をしないようにしようと決めたのは、そういうわけだ。

自分も無理をせず、お客様にも快適に過ごしていただく。それが理想だ。たとえ常連客であっても無用な詮索はせず、よけいなことは言わない。そう心がけているのも、お客様との距離をほどよく保つため。

だが――ときにはその禁を破って差し出口をしたくなることもある。

すみれ屋を開いてはじめてそう思わせられる出来事が起きたのは、九月のとある火曜と水曜の夜のことだ。

「そう、本城《ほんじょう》さんは独身なんですか。それは少々うらやましい」

クラフトビールの入ったタンブラーを手に、馬場《ばば》さんが言った。

「そうですか」

本城さんは、反論ではなく、疑問というほどの強さもなく、軽くあいづちを打つ感じで応じた。

火曜日の夜。ふたりはL字カウンターに並んで座っている。

本城さんも馬場さんも、ひとり客。どちらもはじめてのお客様だ。初対面で自己紹介し合う会話から、すみれはふたりの名を知った。

馬場さんは、見たところ四十代なかば。会社帰りだろうか、身体のラインがはっきりとわかる紺色のピンストライプのスーツを着ている。陽に焼けて筋肉質で押し出しの強い、体育会的な印象を与える人物だ。かつて勤めていた外資系の製薬会社で、すみれたちセールスパーソンを束ねていたチームリーダーの男性を思い出す。男性的でいくらか独善的なところもあったが、じつは非常に繊細で、仕事はできたし部下のケアもしっかりしていた。馬場さんも、そういうタイプに見える。

いっぽうの本城さんは、馬場さんより四、五歳年下だろうか。黒いジャケットの下に襟のないシャツを着ている。身につけている物はいずれもシンプルだが、上質に見えた。個性的なデザインの眼鏡をさりげなくかけている。なにかクリエイティブな仕事に携わっていそうな雰囲気の持ち主だ。

先に来たのは、馬場さんだった。クラフトビールを注文し、古書スペースに気づいて席を立ち、陳列台の本から一冊を手に戻ると、読みはじめた。

クラフトビールは小規模なブリュワリーで作られる、大量生産されたものではないビールのことだ。彼が注文したのはＩＰＡ――インディアン・ペール・エール――と呼ばれる、ホップを大量に入れた苦みの強い種類だった。

すみれ屋には今日、アメリカ西海岸のブリュワリー、ストーンブリューイングの看板商品である「ストーンＩＰＡ」が入荷されている。茶色いボトルに白で描かれたガーゴイルがトレードマークのブリュワリーだ。

おすすめの酒の友はケイジャンポップコーン。

「ケイジャンポップコーン、ってなんですか？」メニューを見た彼はすみれに訊ねた。

「海老に衣をつけてフライにしたものです」

「フリッターみたいな？」

「はい。ビールのおつまみにはもってこいですよ」

「トウモロコシは入ってない？　ポップコーンなのに」

「小さくて気軽につまめるからそう呼ばれているんだと思います」

「なるほど。では、それをください」

この料理も、すみれはアメリカ南部出身の友人宅でレシピを教わった。本当はクローフィッシュ、すなわちアメリカザリガニで作る。アメリカ南部では冷凍食品売り場でも売られているが、日本では手に入りにくいので海老で代用する。

小ぶりの海老を牛乳入りの卵液にくぐらせ、ガーリックパウダーやタイム、オレガノ等のスパイスを効かせた中力粉の衣でさっくりと揚げて、タルタルソース、レモンを添える。お好みでタバスコを。薄力粉よりグルテンの多いしっかりした衣で、スパイスの風味も豊か。ピルスナーよりも味がはっきりしているIPAの、きりりとした苦みにばっちり合うはずだ。文字どおりのフィンガーフードだが、本を読んでいるからだろう、馬場さんは手ではなくフォークを使って揚げたてのひとつを食べ、おっという顔をした。「美味しいですね」

「ありがとうございます」ストレートに褒められると、やはりうれしい。

本城さんが来店したのは、それから十分ほど経った頃だ。カウンターは混んでいたので、すみれは彼を馬場さんの隣の席へ案内した。

本城さんは白ワインを注文した。ハウスワインではなく、おなじカリフォルニア産だがオーガニックのものだ。

「はじめて来たんですが、なかなかいい店ですね」

しばらくすると、馬場さんが本城さんにそう声をかけた。

「じつは僕も、今日がはじめてです」

本城さんはそう応じ、お互いの自己紹介を経て、初対面のふたりの会話がはじまったのだ。

「どうしてそう思われるんですか?」

独身がうらやましい。そう言われた本城さんは、馬場さんに訊ねた。

馬場さんは、二本目のストーンIPAを注文したあとで、

「もちろん、結婚してよかったことも、たくさんある。でも、なぜかふだんは、デメリットのほうに目が向いてしまうんですよ。ささいなことでも、毎日となるとしだいに不満も募ってくる。たとえば、ゴミ出し。うちは共働きだけど、私のほうが嫁さんより忙しいのに、ゴミ出しとか風呂掃除なんてきっちり交代でやらされるわけです。理屈ではわかってるんですよ。収入で言えば私のほうが上ですが、それはそれとして、どちらもフルタイムワーカーなんだから、家事の負担も対等であるべきだと。だけど、男女差別を承知で言うと、男がこれから社会での戦いに向かおうという前にゴミ出しをするのは、どうも士気が下がっていけない」

本城さんは、少し考えてから返事をした。

「家事の分担は、どうやって決めたんですか」

「じゃんけんです」

「では、公平な方法ですね」

「そうなんです。プロセスが公平なので、そこにクレームをつける余地はない。しかし感情的には納得できない」

「そういうことは、起こりうるでしょうね」本城さんは慎重にあいづちを打った。

「ゴミ出し、平気ですか、本城さんは？」

「僕は平気です。でも、馬場さんとは事情が異なるかもしれない。うちはマンションなので、決まった時間に出さなくていいんです」

「マンションは、そこがいいんですよね。うちはふたりとも田舎育ちだからかな、買うなら一軒家のほうがいいって、そこは意見が一致したんだ。ただ、うちもそうですが、一般に、結婚すると女性は強くなりますね。力関係のバランスは変わってくる」

「そういうものですか」

本城さんは、きのこ、レモン、松の実のリコッタチーズ和えをつまみにしている。椎茸、しめじ、マッシュルーム、舞茸をオリーブオイルで炒めて塩、胡椒で味付けし、角切りにしたレモンの果肉と千切りにした皮を入れ、水分がなくなるまで煮詰めて冷ます。これをリコッタチーズ、乾煎りした松の実と和えた、ワインが進むこと請け合いのデリだ。本城さんが飲んでいるソーヴィニヨン・ブラン、豊かな酸味が特徴のこの品種とも相性がよい。

「失礼。なにか愚痴っぽくなってしまいました」馬場さんが謝罪する。「失礼ついでに。本城さん、スマートでもてそうだけど、結婚はしないんですか」

「結婚願望はあります」

「そういう相手がいれば、きっとしてるだろうから、ということは――まだ遊んでいたい？」

ちょっと強引な論理の展開ではないかとすみれは思った。

「そんなことはありませんが、この年になると、勢いで結婚するということはまずないでしょうし、慎重になる一方ですね。逆に、もっと年を取るとちがう危機感が芽生えてくるのかもしれませんが」

「たしかに、結婚には勢いって大事かもしれないな。ただ、私の周りでは、若い頃勢いで結婚して失敗したやつ、少なくないです」

「やはり、相手のことをよく見極めないのが問題なんでしょうか」

「相手もそうだけど、自分のことも、あんがいわからなかったりするもんですよね。結婚前は重大に思えたけど、結婚してみるとそれほどでもないと思える問題もあれば、反対に、結婚前に過小評価していて、年月が経つにつれ無視できなくなってくる問題もある」

本城さんは興味を抱いたようだ。「たとえば、なんですか」

「前者は比較的一般化できそうな気がしているけど、後者はごく個人的なことです。ただ、どちらも、われわれが生きていくうえで、ある意味お金よりも根源的なトピックです。——本城さん、下の話は大丈夫ですか」

本城さんはわずかの間ためらっていたが、こう答えた。「はい」

接客を紙野君に任せて、すみれは調理に専念している。カウンターにはほかにもお客様がいるし、均等に注意を向けるようにしているのだが、はじめてのお客様ということもあるのか、耳のほうは、なぜかこのふたりの会話を中心に拾っていた。

「ずばり、性と食です」馬場さんが言った。「われわれの世代って、私の知るかぎり恋愛結婚がほとんどで、恋人時代は身体の相性を重要視してたんですよ。結婚したら、離婚でもしないかぎり、おなじ相手と何十年もセックスをするものだと思ってましたから。ところが、そうじゃなかった」

馬場さんはそこで、すみれに、ストーンIPAのおかわりと、ほうれんそうとアーティチョークのディップを注文した。

茹でたほうれんそうとマリネしたアーティチョークをみじん切りにしてクリームチーズ、マヨネーズ、サワークリーム、パルミジャーノ・レッジャーノ、ガーリックパウダーと混ぜ、キャセロールに入れてオーヴンで焼き色がつくまで焼いたディップをコーンチップにつけて食べる。柔らかくしたほうれんそうのほっくりとした味わいと食感、それよりいくぶんしゃきっとしているが、やはりほっくり系のアーティチョークを、しっかり塩気の効いた濃厚な味でまとめあげた、アメリカのバーでは定番のアペタイザー。これもビールにはもってこいのつまみだ。

「結婚当初は、まあ、ふつうにするわけです。しかし、ハネムーンベイビーなんて言葉があるのもうなずける」馬場さんがつづける。「しかし、一緒に暮らして、五年、十年、十五年経つと、なにが起こるか。そう――いわゆる〝レス〟です」

「レス」とつぶやいて、本城さんは、ああ、というように小さくうなずいた。

すみれも、本意ではないものの、その言葉の意味を理解してしまっていた。セックスレスのことだろう。

「どんなに仲がよくても、夫婦というのはそうなってゆくものだと思います。とくに日本ではその傾向が強いらしい。少し前に、夫婦間の年間の交渉回数のアンケートを採ったら、日本人は調べた国のなかで最下位だった、というニュースがあったんだけど、ご存じないですか」

「ありましたね」

「これ、私には、たんなる数字の問題じゃないんです。自分自身も当てはまるし、昔の友人と会って酒でも飲んでいると、男女を問わず、既婚者の間ではまちがいなく盛り上がる話題のひとつだったりするんですよ」

紙野君が、馬場さんにビールを提供した。

「でも、どうしてなんでしょうか」本城さんが馬場さんに問う。

「私もそれが不思議だったんですが、じつは今日、この店でその答えがわかりました」

「今日、この店で……？」

本城さんが抱いたのとおそらくおなじおどろきを、すみれも共有している。

「そこの陳列台で、こんな本を見つけたんです」

ほうれんそうとアーティチョークのディップをオーヴンに入れたすみれは、馬場さんが本城さんにその本を見せるのを視界の隅でとらえた。

ハードカバーだった。白いシーツが敷かれ、白いカバーのかかった枕がふたつ並んだベッドの写真を背景に、中央のピンクの長方形のなかに白抜きの文字でタイトルが書かれている。

『セックスレスは罪ですか？』

なるほど、と理解しつつ、少々当惑する。

いま紙野君は、陳列台の上で「性」というテーマのフェアを展開している。すみれはそこにどんな本があるのか、知らない。いつもは眺めたり、立ち読みしたり、その結果購入したりするのだが、今回のフェアには近づいていないのだ。紙野君が「性」

についてどんなことを考えているのか、それを覗き見るような気がして、気恥ずかしさのようなものをおぼえたからである。

まさか紙野君がそんな話題に関心を持っているとは思わなかった。シンクで洗い物をしている彼を振り返りそうになる。

「最初は私も、タイトルで釣るだけの中身の薄い本なんじゃないかと思ったんですが、ちゃんとしたものでした。アメリカでカウンセラーもしている研究者が、セックスレスについて真面目に考察した翻訳書なんです。まだ少ししか読めていませんが、セックスレスになる文化的要因が最初に書いてあって、思わず膝を打ちましたよ」

「なにが原因なんですか」本城さんは本気で知りたいようだ。

「いま少し読んだだけだから、正確ではないかもしれない。アルコールも入っていますしね。でも、私なりに乱暴に要約すると、こういうことになる。――まず前提として、性欲というのは安定の正反対にあるものである。しかし、現代社会において夫婦というのは、基本的には永続性を目指す関係になっている。われわれは結婚に安定を求める。すると――ああ、ここに書いてある」

馬場さんは本のページを指さし、

「そのまま読みます。――『多くの人々にとって、永続性を達成した関係に性的興奮を求めろというのは途方もない注文だ。残念ながら、あまりに多くの恋愛が、安定を達成するために情熱を犠牲にする方向に進んでいく』」

馬場さんは本を閉じた。

「私なりに解釈すると、エロスというのは、相手との関係が不安定で未知の要素が多ければ多いほど燃えさかるもので、親密になって慣れ親しんだ相手に対して性的に興奮するのは難しい。夫婦として仲良くなればなるほど、皮肉なことにセックスレスに陥る危険も高くなる、ということですね。ある意味、現代社会で夫婦がセックスレスになるのは当然、とまでは言えなくても、不思議じゃないんだと思えてくる。なによりも実感として腑に落ちる」

「なるほど」

「本城さんには、実感としてはまだわかりませんか」

「そんなこともないですよ。結婚しなくても、長くつき合っていれば、おなじようなことは起こります」

「そう、やはりこれ、かなり一般化できそうですね」

すみれがオーヴンから出して木の鍋敷きに載せたキャセロールを、紙野君がコーンチップと一緒に馬場さんにサーブした。馬場さんは、まだ熱いディップをコーンチップにつけて食べ、「これも旨いな」とつぶやいた。

「本城さんにもお勧めしたいんだが、アーティチョークはワインの味を甘くさせてしまう、という説もあるらしいので、それを踏まえたうえで、よかったらどうぞ」

「ありがとうございます。でも、僕もそれ、聞いたことがありますので、我慢します」

本城さんはそう言って微笑んだ。

「世の中には、食べることにそれほど興味のない人もいるけど、本城さんはちがいますね。どうですか？」

「そうですね。興味があるほうだと思います」

馬場さんは、やっぱりというようにうなずく。

「さてそこで、私が結婚前に過小評価していたほう、食についての話です。考えてみればわかりますよね。セックスをしなくても人は死なないけど、ものを食べなければ死ぬ。毎日かならず、ふつうは朝昼晩の三食、そうでなくとも、たいがい、二食は食べる。じつはですね、本城さん、私、結婚して一番後悔したのは、嫁さんの料理の腕なんですよ。——あ、なにか注文されます？」

馬場さんは、空になった本城さんのグラスを指さした。本城さんは紙野君にワインのおかわりと、きのことベシャメルソースのタルティーヌを注文した。

すみれ屋では、主力のサンドイッチはランチタイムだけのメニューだ。その代わり、夜はタルティーヌなどのオープンサンドをメニューに載せている。

「結婚するときは気にしてなかったんですよね。うちは共働きで、ふたりとも外食好きだったから。私は大学に進学して上京してからひとり暮らしで自炊していたので、嫁さん任せにしなくてもなんとかなるなと。彼女が料理、得意じゃないってのは知ってましたが、まあそのうち上達するだろうと楽観していたんです。でも、それはまちがいだった」

タルティーヌに使うきのこは、しめじとエリンギ。グリドルで、しめじとスライスしたエリンギを無塩バターで炒める。塩を加えて水分を出して味を凝縮させ、こりこりした歯触りを残した状態で引き上げる。

「料理なんて、レシピどおりにやれば、だれにだってある程度のものを作ることができるし、慣れによって上達できる伸び代というものも存在する。それはたしかです。でも、それだけでは越えられない壁というものが、歴然とそびえている。本人の、食に対するセンスというね」

「それはわかる気がします」

パンは、自家製酵母を使った全粒粉のパン・ド・カンパーニュを使う。

カンパーニュは、食パンなどとちがい、焼き型を使わない。思うようなフォルムに仕上げるには熟練を要する。大泉さんの店では、フランス語でボールを意味する、ブールという丸い形で売られているが、すみれはスライスしたさいの断面の形がなるべくそろうよう、わがままを言って、なまこ型、それもできるだけ直方体に近くなるよよう成型してもらっていた。

空気に触れる部分があれば、そこからパンの水分が失われる。新鮮さを逃さないように、切るのは直前だ。よく切れるパン専用の包丁で、スムーズな断面になるよう刃を長く使って上から切る。この方向から刃を入れることで、カンパーニュの生地の歯切れのよさをより楽しめるのだ。きのこはばらつきやすく食べにくいので、パンは薄めにスライスする。

「わかってもらえますか。うちの嫁さん、どこでなにを食べても美味しい美味しいって喜ぶタイプで、結婚前はそういうところがかわいいし、変に味にうるさい神経質な女性より、こういう子と結婚したほうが幸せになれそうだなって思ったんです。じっさい、彼女のそういう大らかさに救われている側面は大きい。でも、ただ、しかし――なんでもかんでも美味しい美味しいって食べられるっていうのは、自分なりの判断基準、物差しがしっかりしていない、ということでもあるんですよね」

「気を遣ってそう言ってくれる人もいますが、こと、美味しいかそうでないかについては、正直に意見を言ってもらったほうがどこまで価値観を共有できるかわかっていい、という側面がありますよね。つぎに食事に誘うときの参考にもなりますし」

ふたりの会話に耳を傾けながら、すみれはスライスしたカンパーニュの断面に、ベシャメルソースをすみずみまで塗る。クロックムッシュなどにも使うベシャメルソースは、その日の朝、牛乳と薄力粉、無塩バターと塩、白胡椒とで作ってあった。

ベシャメルソースを塗ったカンパーニュの上に炒めたきのこをたっぷりと載せ、パルミジャーノ・レッジャーノを削りかける。オーヴンでこんがり焼いてチーズがとろけたところへ黒胡椒を挽きかけ、刻んだパセリを振りかければできあがり。

「いや本城さん、気が合いますね。もちろん私にだって欠点はある。お互い様だというのは承知してるんです。うちの嫁さん、真面目なタイプだけど、はっきり言ってあまり要領がよくない。掃除や片づけだってまめなほうじゃないけど、そのへんは私、気にならないんですよ。不本意ながらゴミ捨てもしてるし、その分自分がフォローすればいいと思っているので。ただ、料理だけは――頭はごまかせても、舌はごまかせないじゃありませんか」

皿に載せたタルティーヌを、紙野君がナイフ、フォークとともに本城さんに運んだ。

「これは美味しそうだ。馬場さん、よろしかったら少し召し上がりませんか」

「いや、本城さん、気を遣わないでください。私がお勧めしたばかりに、ひとり飲みの気楽さがなくなったなら、おなじ楽しみを求めて来た者として、私は自分を責めなくてはいけなくなる」

本城さんは少し考えて、

「わかりました。では、無理にお勧めしないことにします」

と言って、タルティーヌをナイフで切り分け、手で取ってさっくりかじった。

「うん、美味しい」

すみれはその言葉を疑わない。旨みが凝縮された香ばしいきのこと穀物の風味豊かなカンパーニュをコクのあるベシャメルソースがつないで、こんがりとろけたチーズがグラマラスにアクセントをつける。このひと皿で秋の恵みを贅沢に堪能できるはずだ。

「ところで――こんなことお訊きしてよいのか、馬場さんの奥様のお料理は、どんなところが問題なんですか」本城さんが疑問を口にした。

「妻の名誉のために言っておくと、彼女、けっして料理ができないというわけではないんです。肉じゃがもハンバーグも、コロッケもカルボナーラも、まあ、一般的な家庭料理はほとんど作れるし、贅沢さえ言わなければ不足はないんです。ただ――どこかしら詰めが甘い」

「たとえば？」

「そう、たとえば――米研ぎ。ご存じのように、米を研ぐ目的は、ぬかの臭みをなくすこと。最初の何回かは、水が濁ったらすぐに捨てるのをくり返すのがこつです」

「乾燥している米は水分を吸収しやすいから、ですね」

「そのとおり。ぬかが出た水をすぐに捨てないと、米がそれを吸収して臭くなる。だから、最初の三十秒くらいは水をがんがん使って、濁るか濁らないかくらいですぐ捨てることを何度もくり返す。環境には優しくないかもしれませんが、米を美味しく炊くための、基本中の基本です。ところがうちの嫁さんは、これをやらない。最初に入れた水が濁っても気にせず、自分のペースで、ゆっくり研いでしまう」

「ご存じないんでしょうか」

「そうじゃないんだ。私が指摘すると、『そうだよね』と答える。知ってるんです。知ってるんだけど、やらない。料理っていうのは、つまるところ、タイミングでしょう。亡くなった作家の池波正太郎《いけなみしょうたろう》がエッセイで、天ぷらは親の仇にでも会ったように出されたはしから片づけていかなきゃいけない、というようなことを書いてました。だから私は、ブログやSNS用にいちいち出された料理の写真を撮るような女性は、天ぷらにはお誘いしないようにしている」

するると本城さんは笑って、

「たしかに、料理でタイミングは重要だと思います」

「でしょう。これ、一事が万事なんですよ。うちの嫁さん、焼き魚は焼きすぎるし、スパゲッティもアルデンテより茹ですぎてしまう。ステーキも鶏の唐揚げもとんかつも、余熱を計算しないから火が通りすぎて肉がジューシーじゃなくなる。そのくせ、スパゲッティのペペロンチーノを作るとき、オリーブオイルに香りを移すためのニンニクは、茶色になるまで熱してしまう。あれは生でもいけないが、あくまでゆっくり、緑色を目指して慎重に火を入れて香りを引き出してやらなきゃいけないんだ。ついでに言うと、オリーブオイルが少ないから、いつもソースの乳化がうまくいかない」

本来溶け合わない油分と水分とを溶け合わせてとろっとさせるのが乳化だ。茹で汁とオリーブオイルを乳化させ、ソースとしてからみやすくするのは、オイルベースのパスタでは必須の行程と言っていい。

それにしても——と、すみれはちらっと考える。馬場さんのような人の奥さんは、きっと大変だろう。

ここで馬場さんは、パテ・ド・カンパーニュを注文してドリンクをハウスワインの赤に変えた。

「まあほかにも、煮っころがしの煮含め方が甘くて味がしみていないとか、餃子を作るとき、挽き肉をしっかりこねずに具材を混ぜるだけですませてしまうからパサつくとか、気になる点がいろいろあるわけですが、ようは、料理を美味しくしようという気合い、健全な執着が足りないんだと思います。さっき言ったように、なかには、知っていながら実践していないこともあるのでね」

「世間には、そこまで気にしていない既婚男性も多いと思いますが」

「そう、そうなんですよ、本城さん。そこが問題なんです。私だって、自分が細事に拘泥している、っていうことは重々承知しているんだ。最初に言ったように、だからこのすれちがいというのは一般化できない、いたって個人的なことだと思ってます。人によって、人生のなにを大事にするか、その分野って全然異なるんだな、と結婚してわかってきました。私にとって料理、食べることというのが、クリティカルなポイントだった。そういうことなんでしょう」

すみれは冷蔵庫からストウブのホーロー製の細長いテリーヌ型を取り出すと、蓋をはずし、表面にかけたフップをはがして包丁でパテを厚く切り出した。プレートに載せ、粒マスタードと、コルニッションという小ぶりのきゅうりのピクルスを添えて、スパイスミルから中挽きのブラックペッパーを振りかけ、紙野君に渡した。

紙野君が、ナイフ、フォークと共にサーブする。

「おお、このロゼ色の焼き目、見るからに旨そうだ。本城さん、さっきはああ言ったけど、これ、ボリュームがあるから、よかったら食べるの手伝ってください」

馬場さんが本城さんに言った。

「ありがとうございます。では、お言葉に甘えてご相伴にあずかります」

少し考えてから、本城さんが答える。

馬場さんは、紙野君に取り皿をひとつ頼み、三分の一ほど切り分けたパテとピクルスをひとつ載せ、本城さんの前に置いた。自分の分をひと口サイズに切って食べる。

「うん、旨い。素晴らしくジューシーで、肉の旨みがダイレクトに感じられる」

ゆっくりとうなずいて、ワインをすすった。

パテ・ド・カンパーニュは日本では田舎風パテとも呼ばれる。香辛料やブランデーでマリネした豚や牛、鶏などの肉を挽《ひ》き、味付けして型へ流し込み、湯を張ったバットに載せてオーヴンで蒸し焼きにしたものを冷まして食べる料理だ。ワインにぴったりのひと品で、冷菜ながら堂々たるご馳走感も備え持つ。すみれ屋では夜の看板メニューのひとつだ。

作るのに手間はかかるが、冷蔵庫で一週間は美味しく保存できるので、一度にまとまった量を仕込んで常備するようにしている。

いまの馬場さんのタイミングの話で言えば、火の通し方にポイントがある。肉をしっとりさせるよう、加熱は硬くなる温度の手前で止めるのだ。肉に含まれるアクチンというタンパク質は六十五度以上の熱で変性するが、そうなると肉は硬くなり、肉汁も流れ出てしまう。余熱を生かし、中心の温度が、細菌が死滅する六十度以上の状態を必要最低限保つように加熱することで、柔らかく、肉汁を逃さず仕上げられる。

粗熱を取ったら冷蔵庫に数日おいて全体を馴染ませる。こうして作ったパテは、渾然一体となった肉そのものの持つ旨みや風味、歯触りが損なわれず、さまざまなスパイスとワイン、コニャックがそれを豊かに増幅し、深めた、素朴でありながら味わい深い料理となる。

本城さんもパテを食べた。「本当ですね。力強いのに、とても繊細だ」

そしてワインを白から赤に変えた。カベルネ・ソーヴィニコンを中心に、メルローやカベルネ・フランを加えた骨太なフルボディ。パテとのマリアージュは抜群だろう。

ふたりはしばらく無言で料理と酒を味わっていた。やがて馬場さんが口を開いた。

「誤解しないで欲しいんですが、私は妻を愛しています。人生を共にする伴侶として、彼女以外の女性は考えられない。ただ――いや、だからこそ、食べることへのこだわりをおなじように共有できないと自覚するたびに、寂しさを感じてしまう」

今度は、本城さんが、考えるような顔つきでワインを飲んだ。

「本城さん、この話、もう少しつづけてもいいですか？」

馬場さんが言うと、本城さんは、どうぞ、と答えた。

「思うんですがね、結局、味覚というものは、先天的と言うとちがうかもしれないが、ある程度の年齢までに形成されて、固まってしまうものなんじゃないかな。『目一代、耳二代、舌三代』っていう言葉がありますよね。おなじ芸術でも種類によって究める難易度は異なるという意味の。視覚芸術、つまり美術は一代でなんとか完成できる。聴覚芸術、つまり音楽となると、一代では駄目で、親から子と二代がかりになる。なかでも一番難しいのが味覚芸術、つまり料理の世界で、美味い不味いを真に究《きわ》めようとすれば、親からはじめて、子、孫と三代がかりの事業になる。お祖父さん、お祖母さんの代から美味いものを食ってるような家庭じゃないと、本当のグルメにはなれないという話です」

「それはつまり、生まれ育った環境で決まってしまうっていうことですよね」

「そういうことです。まあ、美食家の代名詞みたいな北大路魯山人は、子供の頃ずいぶん貧しかったみたいだから一概には言えないのでしょうが、天才ならぬわれわれ凡人は、環境から自由になるのは難しい。こんなこと言うと侮辱しているように聞こえるかもしれませんが、嫁さんの実家へ行って、義理のお母さんの手料理を食べると、納得するんですよ。ああ、そういうことか、って」

本城さんは、どう答えたものか、迷っているようだ。

「いや、お義母さん、すごくいい人なんですよ」馬場さんが自らフォローする。「ただ、やっぱり、食べることにはそこまでこだわりがないんだな」

「馬場さんのお母さんはきっと、料理、お上手なんでしょうね」

「うちもべつに、食通の家庭というわけではなかったんですけどね。おふくろの手料理だって、いまの時代みたいに垢抜けちゃいない、文字どおり昭和の味でしたよ。カレーはジャガイモがごろごろした黄色いやつで、ビーフストロガノフにはケチャップが入ってたし、リゾットっていうのは西洋風の雑炊のことだと思ってた。アルデンテなんていう言葉、聞いたことがなかった頃の料理です。ただ、そういう時代なりに美味しいものを食べよう、作ろうという気合いはあったかな。まあ、出汁はいつも鰹節や昆布で取ってたわけじゃなく、市販のものを使うこともあったけれど、たとえば簡単な筑前煮ひとつとっても、ちょうどよく煮含められていました」

「そういう料理が美味しいというのは、ポイント高いですね」と本城さん。「ひと昔前はよく、男が恋人に作ってもらってうれしい料理として肉じゃがが挙がっていましたが、僕はどちらかといえば、筑前煮派です」

「筑前煮にかぎらず、母の料理は、なにか気の利いた隠し味とか小細工とかを使うわけではなくて、ただ、心をこめて、やるべきことをちゃんとやってるだけなんです。彼女、そこはきちんとしてました」

馬場さんはそう言って、大きく切ったパテをまたひと口、頬張った。

「うーん、やっぱり旨い。本城さんは、お近くですか？」

「ひと駅隣が最寄り駅です」

「私はここから歩いて帰れるところに住んでます。いや、喜ばしいことだ、近所にこんな美味しい店ができたのは」

そこで馬場さんは、カウンターごしにすみれに声をかけてきた。

「すみません。こちらのお店、いつ開店したんですか」

「今日で一年になります」すみれは答えた。

そう。九月のちょうど今日、すみれ屋は無事開業一周年を迎えた。過ぎ去ってみれば、一年は早いものだ。経営者として試行錯誤をくり返したがむしゃらな日々だった、ということも大きいかもしれないが。

「一年……そんなに前から。知っていたら、もっと早く通ったのに。シェフの料理、美味しいです。もしかして、お名前、すみれさん、ですか？」

「はい」

「ということは――オーナーシェフ？」

「そうです」

「この年になると、本当の意味での女性のセクシーさは、外面ではなく内面に宿るのだと思うようになりました。たとえば、すみずみまで神経の行き届いた料理を作れるような繊細さとか。素敵ですね、お店もオーナーも」

一瞬、言葉に詰まる。飲食店で修業してきた間に、お酒が入ったお客様の扱いには――トラブルシューティングも含めて――慣れてきたつもりだった。にもかかわらず。

たぶん馬場さんが、こちらをはっきり女性として意識しているように感じられたからだ。修業時代には何度か経験したことだが、この店を開いてから、営業時間中に、男性のお客様から異性を意識させられるような経験は皆無に等しかった。

すみれはそれを幸いなことだと思っていた。営業時間中には仕事に専念していたいし、自分の務めはまず美味しい料理やドリンクでお客様をもてなすことだ。まして馬場さんは既婚者。彼の態度が自然で堂々としていたからかもしれないが、なぜかそうは感じなかった。不快に思っても不思議でないはずだったが、なぜかそうは感じなかった。

「ありがとうございます」動揺を顔に出さないよう、努力した。

「また来ると思うので、よろしく」

「こちらこそ、よろしくお願いします」頭を下げた。

ふと視線を感じて目をやると、紙野君がこちらを向いていた。眼鏡のレンズに光が反射して視線をとらえることはできないが、すみれはなぜかうろたえていた。紙野君が洗い物をする手元に視線を戻す。すみれの肩から力が抜けた。

馬場さんが、本城さんとの会話に戻る。

「嫁さんには、当分内緒にしておくことにします」

「どうしてですか？」本城さんは意外そうだ。

すると馬場さんは、少しミステリアスな笑みを浮かべた。

「ご存じですか、本城さん？　人間というのは、道徳的に善とされていることだけをやって生きていくことはできないんです。よくもわるくも、どこかでバランスを取ろうとする。結婚は安定を志向する制度だけど、それを維持してゆくにはスパイスも必要なんです。ささやかな悪徳、と言い換えてもいい。こういうお店を一軒、妻に内緒でキープしておくのもそのひとつ」

「なるほど」

「時にはひとりで、仕事からも家庭からも離れて気ままに、旨い料理と酒をゆっくり楽しみたい。うちは子供がいないぶん気楽とはいえ、結婚するとそうした息抜きは贅沢になる。赤提灯でもバルでもいいけど、カジュアルなのにクオリティが高くてこだわりがあるこういうお店、貴重じゃないですか――おまけにオーナーも魅力的だ」

すみれは作業をしている手元から目を離さず、聞こえないふりをした。ティーンエイジャーのように動揺している自分におどろきつつ。

「本城さん、長々話を聞いてもらって、ありがとうございます」馬場さんが言った。

「結論としては、セックスレスはおそるるに足らず、ということでいいでしょうか」

本城さんが、少し冗談めかして言う。

「そういうことです。ある意味それは、平和な家庭の証拠でもある。極端な例を挙げると、世の中にはDV、ドメスティック・バイオレンスをするような夫もいますよね。あくまで聞いた話ですが、女性にDVをふるうような男って、そのあと急に態度を変えて優しくなり、そのままセックスになだれ込む、ということがあるらしいじゃないですか。DV男は最低だと思いますが、そういう連中は女性に暴力をふるうことで刺激を受け、興奮するのかもしれない」

「それが事実だとしたら、唾棄すべきことですが」

「まったくです。もちろん、セックスレスにならない夫婦がみなそうだと言っているわけではありませんよ。ただ、セックスレスが平和な夫婦関係を維持するのに必要な代償だとすれば、ある意味支払うのもやむなしと思えます。それに——私のように、食べ物へのこだわりの温度差を解消することはできないが、セックスレスについては解決策がある」

「と言うと？」馬場さんの言葉に、本城さんが反応する。

馬場さんは、大人の揺るぎない確信に満ちた口調で、こう言った。

「婚外恋愛です」

2

その夜、閉店後、すみれは紙野君とふたり、店で祝杯を挙げた。

開業一周年記念のお祝いをふたりでしようと、しばらく前から声をかけていたのだ。

すみれが紙野君にごちそうする。

「すみれ屋も、なんとか一周年を迎えることができました。紙野君、この一年間、ありがとう」

抜栓したスパークリングワインのグラスを合わせたあと、すみれは言った。

「無事つづけてこられたのは、紙野君のおかげです」

「そんなことはないと思いますが、すみれさんのその言葉、ありがたく受け取ります」

紙野君はそう言って、スパークリングワインを飲んだ。

すみれ屋の経営は、すみれが当初想定していたよりも順調に運んでいた。赤字がつづいた場合のために備えていた自己資金にも手をつけずに済んでいる。平均した客単価や回転率も想定以上だし、リピートしてくれるお客様も多い。

料理やドリンクには自信がある。しかし、安定した利益を生むうえで紙野君の存在は大きい。とくに、人件費がほとんどかかっていないというところが。

「おかげさまでうちは順調です。ところで、こんなことを訊いていいのかわからないけど、紙野君のほうはどう？　古書店、ちゃんと利益出てる？」

店の経営が軌道に乗ってから、すみれはずっとそれを気にかけていた。

「しばらくは厳しかったけど、半年くらい前から、ネット販売分と合わせて、目標とする売上は達成できてます」

「そう、よかった」

「すみれさんのおかげですよ」

「わたし？」

「古本だけ売っていたら来てくれないようなお客さんが、すみれさんの作る料理やドリンクをきっかけに、本を手に取って買ってくれ、リピーターになってくれる。すみれさんのおかげで、俺だけでは出会えなかったお客さんと出会うことができています」

うれしさに思わず笑みがこぼれる。

「少し安心した。紙野君に甘えてしまってるんじゃないかって心配だったから。紙野君が提示してくれた条件、わたしにはありがたいけど、もしかしたら紙野君にとっては、負担になっているんじゃないかって」

すると紙野君はしばらく考えて、

「すみれさんは、書店併設のカフェで働いたことがあるから、ご存じですよね。ふつうの本屋、新刊書店って、自分が好きな本だけを売るわけにはいかないんですよ」

「そうだよね。新しい本をつねに並べないといけないし」

「自分の感性に合わないものでも売るのが仕事です。品性が下劣だと思えるような本でも、ベストセラーなら必死で仕入れる努力をする。そもそも、自分が注文しない本でも、問屋である取次から毎日たくさんの本が配本されてくる」

すみれも、朝、開店前の書店で、トラックで届けられた大量の本を書店員が段ボールリレーで店内に運び込む姿を何度も目にしていた。

「仕入れは難しいですが、古本屋は、やろうと思えば自分が好きな本だけを売ることができる。すみれ屋には、俺が好きなものしかありません」

紙野君はレンズごしにまっすぐすみれを見た。

すみれは、その言葉の意味を考える。

「そうか。じゃあここは、紙野君にとって理想の本屋さんになってるのかな」

「それ以上ですよ。毎日、すみれさんの手料理を食べられるし」

紙野君は、ポロ葱とムール貝のスープをスプーンで口に含んだ。千切りにして炒めたポロ葱と香味野菜を、ムール貝、大麦と煮たスープだ。ペルノー酒で香りをつけ、生クリームでコクを出す。仕上げのパセリとアーモンドオイルでさらに風味を華やかに。ポロ葱の甘さとムール貝の品のよい旨みが合わさった、スパークリングワインにもぴったりの食べるスープだが、すみれ屋のメニューには載っていない。

前菜のもう一品はサラダ仕立てにした兎。これもメニューにはない料理だ。この時期美味しいジビエはすみれの好物だが、店ではまず出さない。兎は、取引のある肉屋さんに今夜のため注文した。

今夜すみれは、特別メニューで紙野君をもてなそうと決めて準備をしていた。自分は軽くつまむだけにして、タイミングを見計らい、席を立って料理を作る。その間も会話ができるよう、テーブル席ではなくカウンター席を使っていた。

前菜につづいては、ワイルドライスと魚のスープのリゾット、殻に載せた牡蠣にパン粉、溶かしバター、削ったパルミジャーノ・レッジャーノを載せてオーヴンで焼いたオイスター・ロックフェラーを出した。

スパークリングワインが空いたので、今度は赤ワインを開ける。ちょうど、メインディッシュとなるフォアグラのコンフィのタイミングだ。

フォアグラは塩胡椒とアルマニャックでマリネし、鴨の脂に浸してじっくり低温で加熱する。これをきのこのコンポート——バターで炒めた数種のきのこをポルト酒とマデラ酒で煮詰めて調味したもの——に載せて供する。思ったとおり、赤ワインとの相性はばっちりだった。

紙野君は、ひと皿ひと皿をしみじみと味わうように食べてくれた。美味しいです、とそのたび口にした。今夜の献立は食材もお酒も奮発しているが、その甲斐はあったようだ。

「紙野君に喜んでもらえて、よかった」ほろ酔い加減のすみれは心から言った。「最後にデザートも用意するけど、お腹のほう、まだ大丈夫？」

「大丈夫です。俺、こんなに美味しい夕食って、はじめてかもしれない」

「そんなことはないでしょう。でも、うれしい」

すみれは少々くすぐったい気持ちになった。

「俺、すみれさんに出会えて、よかったです」

紙野君が、ナイフとフォークをいったん置いて言う。

「ほんと？　わたしも、紙野君とこの店を開業できて、ラッキーだった」

人件費のことばかりではない。

去年のクリスマス、高原君と美雪さんのことを皮切りに、紙野君は何度か、本を通じてお客様の人生に変化をもたらしている。健太君を虐待から救ったことは忘れがたい。開業するまでは、自分の店でそんなことが起こるなんて想像もできなかった。紙野君あってのことだ。

「そういえば、今日も、紙野君のフェアの本で盛り上がっているお客様がいらっしゃったっけ」

「馬場さんと本城さんですね」どうやら、紙野君も聞いていたらしい。

すみれはその話題を持ち出したのを少し後悔する。親しい女友達との間でも、性的な会話は苦手だ。食べ物のことならいくらでも語れるのだが。

馬場さんが読んでいた本のタイトルを口にするのは、ためらわれた。が、ワインの酔いも手伝ってか、ふだんならしないような質問を紙野君に投げかけていた。

「紙野君は、婚外恋愛、ってどう思う？」

夫婦間のセックスレスの解決策として馬場さんが発したのがその単語だったことに、すみれはショックを受けた。それまでは大人の男性として魅力ある人だと思っていたし、なにより、すみれが作る料理をとことん楽しんでくれたことに好感を持ったのだが。

あの言葉を聞いたとき、馬場さんが奥さんに抱いているという食に対する不満も、本当のところは浮気のための言い訳ではないかと勘ぐってしまったほどだ。

「不倫ですか？　そうですね……たとえば『ボヴァリー夫人』も『アンナ・カレーニナ』も『緋文字』も、不倫というテーマなしには成立しない傑作であることを考えると、世界的な文学の大きな源泉であるのはたしかでしょうね。あっ、『源氏物語』もそうか。そういう意味では、とても人間的な営みなんじゃないかな、と」

「それは小説の話だよね？　わたしは駄目だな。絶対に受け付けない」

「どうしてですか」

「結婚が神聖なものだとか、そういうことは思ってないけど、不倫はだれも幸せにしないでしょう？」

これは理屈ではない。完全に感情的な反応だが、すみれは譲れない。

紙野君は、フォアグラを口のなかで溶けるにまかせながら、しばらく考えていた。

「たしかに、社会的なリスクは無視できませんね。ただ、歴史的、地理的には、婚外での性的な関係が問題視されない社会もあった、あるいは現在もあるわけで、善悪の概念というのは相対的なものだと思います」

「紙野君は、結婚しても不倫を辞さない人？」

「いや、そんなことはしません」珍しく、ちょっとあわてた様子を見せた。「俺は、ひとりの人しか好きにならないですから」

「そうか。そうだよね。紙野君、誠実そうだもの」

しかし、婚外恋愛とは恋愛だけの問題なのだろうか。さっきの馬場さんの言葉をまた思い出す。恋愛ではなく、生理的な欲求が先に立つことも、とくに男の人は多いのではないだろうか。ただ、それを紙野君に訊くのはさすがにはばかられる。

「逆に、奥さんに不倫をされるのは、平気なの？」

「いやです」紙野君は即答した。

「ね。不倫はよくないでしょう」

「一般論と個別論はべつです」

「ふふ。でもちょっと安心した。紙野君が、不倫容認派じゃなくて」

すみれは、紙野君のグラスにワインを注いだ。女性がワインを注ぐのはマナーとしてNGだが、なにせここは自分の店だし、すみれはシェフだ。セーフとする。

「俺もです」紙野君が言った。

「お客様のことはいえ、不倫の話なんかを聞いてしまうと、心穏やかではいられないよね」

紙野君はワインをすすり、「まあ、大人の話ですから、いいんじゃないでしょうか」とあっさり言う。

「そうなの？」紙野君のことがまたわからなくなる。「デザート、もう作りはじめていいかな？」

「はい。お願いします」

デザートはバニラスフレだ。ボウルを逆さにしても落ちないくらい硬く卵白を泡立てたグラニュー糖入りのメレンゲを合わせたスフレ生地をココットに流し入れ、表面を平らに均《なら》してオーヴンで焼く。加熱されたメレンゲがパンのように膨らんで生地を押し上げた結果、ココットからこんもり盛り上がる。

時間が経つほどに生地はしぼんでゆく。ふんわりした食感がスフレの命だ。これを楽しむには、天ぷら同様、あまり時間をかけないほうがいい。すみれは、スフレは食べるのも作るのも好きだが、オペレーションが難しいので店では出せない。

スフレが焼き上がるタイミングに合わせて、紙野君と自分にコーヒーを淹れた。

完成した熱々のスフレに口をつけた紙野君は眼鏡をはずし、はんのり上気した顔の深みのある瞳ですみれをまじまじと見て、「最高です」と、ため息のように言葉を漏らすとまた眼鏡を装着した。

すみれも食べてみる。ふんわりとたっぷり空気を含んだ熱々の生地が、バニラの甘い香りとともに口のなかでどこまでも軽やかにとろけた。

「うん、うまくできた。紙野君にもらった『パン屋のパンセ』に『アンパンの幸福感をふくらます三分の空気と七分のアンコ』っていう歌があったけど、スフレの幸福感も空気がふくらましてくれるよね」

「ほんとですね」

紙野君は、すみれの言葉に感心したように賛同し、またひと口スフレを食べ、

「『気の付かないほどの悲しみある日にはクロワッサンの空気をたべる』っていう歌もありましたっけ」

「うん、あったあった。杉﨑恒夫のそういう感覚、好きだなあ。クロワッサンを食べるときは、かならずその歌を思い出すようになっちゃった」

すると紙野君は可笑しそうに微笑んだ。本の話で、彼のような達人とこんなに盛り上がれるなんてかつては想像もできなかった。

すみれは自分がやると言ったのだが、食後は、紙野君が食器を洗って片づけてくれた。時計を見ると十二時半を過ぎている。

「ずいぶん遅い時間になっちゃったね。ごめんなさい」

「大丈夫です。素敵なごちそう、ありがとうございました」

紙野君が上着に袖を通す。すみれは、ふだんめったに感じない感情が湧き上がるのに気づいた。紙野君が帰って、ひとりになるのを寂しいと思ったのだ。

まずは半年つづける。開業したときはそれを目標としていた。それをクリアしたら目標は一年に変わった。一年経って、どうやらまだつづけていけそうな手応えを感じている。それで少し気がゆるんだのだろうか。

しっかりしなくては、と自らを叱咤する。すみれ屋は自分だけの店ではないのだ。紙野君のためにも、できるかぎり長くつづけていきたい。

身支度を終えた紙野君がドアへ向かう。すみれも戸口まで出向いた。

「また明日、じゃなくて、また今日、だね。お疲れ様」

紙野君が振り向いた。

「お疲れ様でした。また今日、ですね。おやすみなさい、すみれさん」

「おやすみなさい」

紙野君が店を出てゆくとき、すみれはまた、自分のなかから空気が少し抜けるような感じを味わった。

寝る前に、ベッドの上で『パン屋のパンセ』を開いて、好きな歌を読み返す。

著者である歌人の杉﨑恒夫は、どこか飄然と軽やかなユーモアと温かなまなざしとで、すみれが見知っているはずの日常の思いがけぬ表情を鮮やかに立ちのぼらせてくれる。もちろんそれだけではなく、死にまつわる歌や、天文台に勤務していたというだけあって、空や星を詠んだ歌もある。

どんなモチーフの歌にも共通しているのは、付録の小冊子でべつの歌人が書いていた「透きとおった詩情」だと思う。だからだろうか、

むせかえる蝶の匂いを妖精の匂いといってはおかしいですか

といった歌にそこはかとなく漂うエロティシズムも、透明感に満ちている。

現実の世界もそうであったらいいのに、と思いつつ、すみれはいつしか眠りに落ちた。

翌水曜日の夜。

前夜、馬場さんと本城さんが座ったのとおなじカウンター席に、今度は女性のふたり組が座った。

由貴子《ゆきこ》さんと愛理《あいり》さんだ。どちらもはじめてのお客様だったので、すみれが彼女た

ちの名前を知るのは、ふたりの会話を通じてのことになる。

七時前。先に店に来たのは、由貴子さんだった。すみれとおない年くらいか、ちょっと上。かわいらしい女性だ。少しぽっちゃりした体型に丸襟のカーディガンがよく似合っている。ハンドバッグなどを見るとどうやら仕事帰りのようだが、家庭的な印象を受けた。

「いらっしゃいませ」手が空いていたすみれが応対した。「おひとり様でいらっしゃいますか」

「もうひとり来ます」

テーブル席が埋まっていたのでカウンター席でもよいかを確認して、L字カウンターへ案内する。彼女はノァジーネーブルを注文した。カクテルは紙野君の担当なので、オーダーを伝える。

ドリンクを待つ間、由貴子さんは席を立って古書スペースの陳列台へ向かった。昨日とおなじフェア。しばらく見たあとで、彼女は一冊の本を手に取って戻ってきた。

「ここで読んでもいいですか？」

「どうぞ」ドリンクを作っている紙野君が答える。

由貴子さんは安心した様子でスツールに腰かけ、本を開いた。

愛理さんがやって来たのは、それから二十分ほど経ってからだ。由貴子さんとは対照的にシャープで華やかなオーラを放っている。七分丈のジャケットの襟を立て、スカートは膝上。メイクは大人らしくナチュラルだが、そう見せるためにおそらくしっかりお金と時間をかけている。

「お待たせ、由貴子」

待ち合わせだという彼女を由貴子さんの隣へ案内すると、愛理さんは由貴子さんに声をかけた。由貴子さんが本から顔を上げ、微笑んだ。

「おつかれさま」

待たされたことを苦にしている様子はない。カクテルグラスにはまだ最初のファジーネーブルが四分の一ほど残っている。

「へえ。かわいらしい古民家カフェだけど、けっこうフードメニュー充実してるじゃない」黒板のメニューを見て愛理さんが言った。

「でしょう？　昼のカフェ営業だけでなく、夜はお酒も飲めて、食べ物も美味しいって近所の若いママの友達に教えてもらったの。わたしもはじめてなんだけど」

「あたしも引っ越してきたばかりで、この辺まだぜんぜん開拓できてないけど、ここは穴場だったかも」

「それにしても、愛理が徒歩圏内に越してくるとは、うれしい偶然だね」

「今後ともよろしく」

ふたりは昔からの友人で、もともと由貴子さんがこの近所に住んでいて、愛理さんのほうは最近引っ越してきた。そういう事情のようだ。

すみれが水と紙おしぼりを渡すと、愛理さんは「ちょっと考えます」と手元のメニューを真剣な顔つきで眺めた。

「愛理は、とりあえずビール、じゃなかったっけ？」由貴子さんが言う。

「若い頃よりお酒の量減ったから、じっくり考える。まずは料理の組み立てからよ、由貴子。ふたりだから、前菜、メイン、炭水化物、スイーツの四品くらいかな。もうひと皿追加するかは、前菜を食べて考える。前菜はメインと炭水化物を決めてから逆算する。あ、ここ、ブーダンノワールあるんだね。メインはそれにしない？」

「ブーダンノワールって、なあに？」

「豚の血の入ったソーセージ」

「血？」

「そう。コクがあって美味しいし、なんか元気になった気がする料理よ」

「へえ、面白そうかも」

「よし、じゃあ決定。炭水化物は、きのことベシャメルソースのタルティーヌとも迷うけど、それよりも軽めのタルト・フランベにしようか」

「タルト・フランベ？」

「フランス、アルザス地方のピッツァのこと。ぱりぱりの薄い生地に、フロマージュ・ブラン、つまりクリームチーズと玉葱、ベーコンが載ってるのが基本形」

「美味しそう」

「じゃあ決定ね。そうなると前菜は——これ面白そう。『ヤリイカのスパゲッティ仕立て　カルボナーラ風』。メインが肉だからお魚ありだよね。これで、野菜が足りなくてお腹に余裕がありそうなら、サラダを追加するってことでどうかな」

「賛成」

「スイーツは各自ね」

「了解」

愛理さんが、すみません、と手を挙げた。すみれは注文票を持って出向く。

「まずドリンクですが、ハウスワインの白をグラスで。あと、『ヤリイカのスパゲッティ仕立て　カルボナーラ風』と、タルト・フランベをお願いします」

「かしこまりました」

ワインの白は賢明な選択だ。ヤリイカの前菜はもちろん、フロマージュ・ブランを使ったタルト・フランベにも合う。彼女はおそらく、ブーダンノワールで赤に変えるため、日本人なら「締め」に食べたいであろう炭水化物のメニューをメインより先に注文したのだろう。

ハウスワインを飲めば、その店のワインへのこだわりや、コストパフォーマンスに見当をつけることができる。すみれ自身、外食でアラカルトを注文するさいは愛理さんのように組み立てを考え、お酒を選んでいる。

すみれはワインのサーブを紙野君に任せ、調理にかかった。

ヤリイカのスパゲッティ仕立ては、名前のとおり、細切りにしたイカをスパゲッティに見立てたものだ。オリーブオイルと塩で味付けし、沸騰させて煮詰めた生クリームにパルメザンチーズを入れて泡立てたソース、かりかりにしたベーコンと一緒に余熱で和える。軽く火入れすることでイカの甘みと柔らかな歯触りを活かすのだ。

深皿に盛り、生の卵黄を載せる。カルボナーラに欠かせないブラックペッパーはもちろん、彩りと薬味に刻んだシブレット――日本でいうあさつきのようなハーブだ――も振りかける。濃厚なクリームとかりっと焼いたベーコン、卵黄とブラックペッパーという組み合わせをヌードル状のイカにからめて食べる、白ワインにも赤ワインにも合う料理だ。リッチで濃厚な味わいながら、パスタでなくイカと合わさることで不思議と軽快さを感じさせるひと皿になっている。フランスのビストロを紹介する本に掲載されていたレシピを見て作ってみたら美味しかったので、すみれ屋でも出すようにしたものだ。

紙野君がサーブした皿を、由貴子さんと愛理さんはそれぞれの携帯で撮影した。SNSにでもアップするのだろうか。撮影が終わると、ふたりは料理を食べはじめた。

「わあ、美味しい」由貴子さんが言った。

「はじめて食べる組み合わせだけど、ありだな」愛理さんはうんうんとうなずいている。

すみれはタルト・フランベを作りはじめていた。

強力粉を使った生地は一枚分ずつ冷蔵庫に入れてある。これを手で四角く広げて軽く下焼きしたところへ、生クリームで伸ばしたフロマージュ・ブランにナツメグ、塩、ホワイトペッパーで味付けしたものをたっぷり塗る。さらに玉葱の薄切りとベーコンの細切りを散らしてオーヴンでさっくり焼き上げ、食べやすい大きさに切り分ける。玉葱の甘み、ベーコンの塩気、フロマージュ・ブランの酸味が合わさり、ぱりっとした生地をスナック感覚で軽く食べられる、これも白にも赤にも合うつまみだ。

「ほんと、ピザみたい」

由貴子さんは、撮影を終えたタルト・フランベをひと口食べてそう言った。

「いくらでもいけちゃうね。この感じなら、メイン行く前になにか野菜的なもの、追加しようか」愛理さんはメニューを検討し、野菜のマリネをオーダーした。

小玉葱《ペコロス》、カリフラワー、レンコン、ゴボウ、にんじんなどの野菜をマリネしたものを冷蔵庫から皿に出し、オリーブオイルとブラックペッパーを振って提供する。いい箸休めになるはずだし、栄養のバランスも取れるだろう。


「――なに、由貴子、その本？」

野菜のマリネがサーブされたあとで、愛理さんが由貴子さんに声をかけた。

「『セックスレスは罪ですか？』……ストレートなタイトルだねえ。そんな本読んでるんだ、由貴子」

「ここのお店の本なんだけどね。ちょっと興味あって……」

由貴子さんは、少し恥ずかしそうだ。

すみれは、由貴子さんが持ってきた本の人気に目をみはった。昨日、おなじ席で馬場さんが読んでいたものではないか。

「肉食女子の愛理には、縁のない話かな？」

「まあ、そうだね」

「昔からもてたもんね、愛理は」

「努力の結晶だよ、昔もいまも。それはともかく、そうか、晋也《しんや》さんとはさすがに倦怠期かあ。一緒に暮らしてもう何年？」

「七年目に入った」

「うーん。ならレスも不思議じゃないかもね」愛理さんは腕組みをする。

「けっこう悩んでたんだけど、この本読んでたら、仕方ないのかな、っていう気持ちになってきた」

「どうして？」

「すごくコンパクトに言うと、愛と性欲は両立しないんだって」

「……ああ、なるほど。なんかわかる気がする。けど由貴子、納得しちゃうんだ？　レスでも平気なの」

「そういうわけじゃないけど……」

「真面目な話、女性ホルモンを出すためにもセックスは重要だから、きれいなエイジングのためには性生活は欠かせないよ」

「そこまでストレートに言われちゃうとあれだけど、愛理が言うと説得力があるね」

「お互い、いくつになっても人生楽しみたいでしょう。たぶんだけど、その本に書いてあるのってこういうことじゃない？　そもそも他人同士のはずなのに、恋愛して一緒になった男女が結婚して家族になったりすると、性欲が衰えてゆく」

「さすが！　うん、だいたいそんな感じ」

「由貴子も晋也さんと、きっと〝家族〟になっちゃってるんだよ。あたしの周りでも、レスになってない夫婦を見てると、お互いちゃんと〝恋人〟してるもの。その気になれば、レスは解消できると思う」

由貴子さんが愛理さんを見る。「どうやって？」

「穏当な方法と過激な方法があるよ。どっちが聞きたい？」

「んー、穏当なほう」

「大事なのは、由貴子が自分のなかにある女にあらためて目覚めること。そしてそれを晋也さんに意識させる。穏当な手段でベストなのは、日常を離れてふたりで旅行に行くことだね」

「あ、いいね。久しぶりに温泉、行きたいな」

「あー、それはNG」

「どうして？」

「温泉だと日常の延長になりやすい。必要なのは刺激なの。ビーチリゾート、それも海外がベター」

「ビーチリゾート？　でも、わたし、水着なんて何年も着てないよ」

「だからこそ、よ。非日常のなかで、何年も着ていない水着姿を晋也さんに見せる。男って、こういう単純なことでスイッチが入ったりするものよ」

「そうなの……？」由貴子さんは半信半疑だ。

「そうよ。でも、それだけじゃない。水着姿の由貴子が、ビーチにいるほかの男たちの視線にも晒《さら》される。ここがポイント。男の人って、自分の女がほかの男に性的な目で見られると所有欲に火がつくの。そしてそれは性欲につながる。逆もあるでしょう。簡単に言うと、嫉妬をかきたてる、っていうこと」

「いやあ、わたしなんか、性的な目で見る人いるかしら」

「大丈夫。まだ行ける。ラッシュガードとか着たら駄目だよ、しっかり肌を露出する水着がポイント。手近に沖縄なんかでもいいけど、あたしのおすすめはバリ島かな」

「どうして?」

「現地のビーチボーイがよく言えばフレンドリー、わるく言えばなれなれしい。日本の女性慣れしてるから、積極的にコミュニケートしてくるの。なかには、そういうこと目的で遊びに行く女性もいるから、向こうもこちらをそんなふうに見てる気がする」

「それは恥ずかしいかも」

「それがいいの。そうやって由貴子自身が、自分をひとりの女として意識することが、晋也さんの独占欲、ひいてはオスとしての本能的なパッションに火を点《つ》けるきっかけになるんだよ」

「そういうもの? でも、それが穏当なほうって……ちなみに、過激なほうは?」

問われた愛理さんはワインを飲んで、

「由貴子には難しいと思う。ずばり、浮気。ほかの男とエッチをする」

「無理無理、それは無理だあ」

「だね。そういうのは、一途な由貴子には向いてない」

由貴子さんの顔が赤らんだ。「晋也さんを裏切るようなことは、したくないな」

「ふたりの関係を壊すようなことになったら本末転倒だし、なんだかんだ、晋也さん、優しくていい人だもんね」

「うん。彼だって仕事忙しいのに、ゴミ出しだって文句言わずにやってくれてるし、家事の分担もきちんとこなしてくれてる」

「そういえば、今日、相談したいことがあるって言ってたよね。なんだったの？」

「じつはね」由貴子さんは、口よどんだ。「わたしの、料理のことなんだ」

「料理？」愛理さんがオウム返しに言う。

「そう。愛理も知ってのとおり、わたし、昔から、料理あまり得意じゃないじゃない」

「そうかな」

「そうなの。そりゃあ、最低限のことはできるつもりでいるけど、美味しいものを作れるかっていうと、まったく自信がなくて」

「全然そんなことないと思うけど。ていうか、由貴子、料理上手だと思う」

「愛理は優しいね」

「いやほんと。あたしが知ってる主婦でも、由貴子くらいの腕前の人はなかなかいないよ」

由貴子さんは微笑んで、

「ありがとう。でも、じつはわたし、すごく強力なライバルと比べられてるの」

「ライバルって……？」

「彼のお母さん」

「ああ」愛理さんがうなずく。「そういえば晋也さん、九州男児だっけ。なんだかんだ言っていまだに、男尊女卑の風習が残ってるよね。でもって、男はマザコンが多い印象がある。晋也さんのお母さん、お料理お上手なの？」

「上手なんてものじゃない、すごい人だったんだよ」

「だった……？」

「半年前に亡くなったの。生前は、わたしも何度か宮崎にある彼の実家にお邪魔して、お母さんの手料理もごちそうになった。美味しかったんだ、なにをいただいても」

「へえ。たとえばどんな料理？」

「おせち料理なんかも全部一から手作りで、これ、売り物になるんじゃないのって思ったけど、ふだんの、何気ない料理もしみじみ美味しかった。滝川豆腐とか」

「滝川豆腐……？」

「あ、愛理も知らなかった？　じつはわたしも晋也さんのお母さんが作ってくれたのを食べて、はじめてそういう食べ物があるって知ったんだ。裏ごしした豆腐を煮溶かした寒天と混ぜて型に入れて冷やし固めて、それをところてんを突く道具で太い麺みたいにして、薬味やかけ汁をかけて食べる料理なんだけど」

「はじめて聞いたよ。九州の郷土料理なのかな。でも、ヘルシーなくせに美味しそう」

「夏にお邪魔したとき作ってくれたんだけど、涼味があって美味しかったな。あと印象に残ってるのは、どんこの天ぷらしか」

「どんこって、椎茸だよね？　肉厚な」

「そう。椎茸の天ぷらは珍しくないけど、お母さんのは、乾物のどんこを水で戻して、その戻し汁にみりんと醤油を加えて煮含めたものを汁気を切って天ぷらに揚げるの」

「わあ、よだれ出てきちゃう。手間かかってるねえ」

愛理さんはここで紙野君にドリンクを注文した。ハウスワインの赤。すみれが推測したとおりだ。

由貴子さんはファジーネーブルの二杯目を注文して、

「そこなのよ。お母さんの料理、たんに美味しいっていうだけでなく、なんていうか、凄味があったんだよね。糠床は先祖代々受け継がれてきたものを守ってるし、毎年毎年、梅干しと梅酒は自分で漬けるし、柿の葉寿司も、家の庭の柿の木の葉を使って自分で作っちゃうんだよ」

「ほんと？　柿の葉寿司って、関西へ行ってお店で食べるか、駅弁屋さんで買うもんだと思ってた」

「でしょう？　晋也さんに聞いたら、小さい頃から、晋也さんのきょうだいは、ポテトチップやアイスクリームみたいなお菓子や、トマトジュースなんかも、お母さんが自作したもので育てられてきたんだって」

　ブーダンノワールの準備をしながら聞いていたすみれも、滝川豆腐は初耳だった。どんこを戻して煮含めた天ぷらも知らなかったが、すごく美味しそうだ。

　ブーダンノワールの主材料は、豚。正肉ではなく、タン、豚足、豚耳、背脂を用いる。香味野菜や調味料等と柔らかく煮込んで包丁で刻み、あるいは手動のミンチ器《ミートチョッパー》で挽き、スパイスや生クリームなどを加えてソーセージの生地を作る。ここに豚の血を入れるのが、ブーダンノワールの肝だ。

　この生地を、羊腸ではなく、ラップフィルムを敷いたテリーヌ型に流し込み、湯煎してオーヴンで加熱する。粗熱を取って冷蔵庫で冷やせば完成だ。パテ・ド・カンパーニュとおなじように、時間のあるときにここまで仕込んでおく。

　お客様に出すときは、二センチ程度の厚さに切り、オーヴンで中心が温かくなるまで加熱して、リンゴのソテーを添える。

紙野君がサーブしたブーダンノワールはふたりに好評だった。

「はじめて食べたけど、うん、美味しい」と由貴子さん。

「近所でこれだけのものが食べられるのは、うれしいねえ」愛理さんが唸る。

いわゆるモツ系の肉の旨みと風味、ゼラチン質の食感、血を加えたことによるコクを刺激的なスパイスとふんわりなめらかな食感、舌触りとともに楽しむ、大人の味だ。意外なことに、由貴子さんが飲んでいるような甘いお酒ともしっくり合う。

「けど……なるほど、そういうことか。見えてきた気がするよ」愛理さんが言う。

「あれでしょ。そのお母さんが亡くなって、おふくろの味をもう二度と口にできないと思った晋也さんが、いまになって彼女と由貴子の料理の腕を比べるようになった」

「正解。いままでは、ふたりで外食をするほかに、家でわたしが作る料理も美味しいって食べてくれてたんだけど、最近、反応がわるいんだ。なるべく家で食べないようにしてるっていうのもわかるし。彼、つねづね言ってたんだよね——味覚の相性はセックスの相性より大事だって」

話を聞いていたすみれは思わず一瞬手を止めていた。

馬場さんも昨日、おなじようなことを本城さん相手に話していなかっただろうか。

「あたしは、どちらの相性も大事だなあ。なかなかいないんだけどね。いまの彼氏とは、それが奇跡的に合うからつき合ってるっていうのはあるかな。あ、ごめん、あたしの話しちゃって。晋也さんのその言葉って、ちょっと、レスの言い訳みたいにも聞こえるけど、彼が食べることにこだわり持ってるのはたしかだよね」

「わたしよりも繊細な舌を持ってるのはまちがいないと思う」

「それが悩みか」

「うん。だからまだ、晋也さんと一緒に来たことない店を選んだの」

すみれは思い出す。馬場さんが、奥さんにはしばらくこの店のことを内緒にしておくと語ったのを。

「――そんなに悩むことじゃないんじゃないかな？」しばらくして愛理さんが言った。

「昭和の時代でも、晋也さんのお母さんみたいに料理に手をかける女性って、少数派だったはずだよね？　うちの母親なんか、もっとずーっと適当だったよ。ましていまどき、そんな人に太刀打ちできるような女なんか、いるはずないって」

「それはわかるんだけど……わたし、この先もずっと、彼と楽しく年取ってゆけると思ってたのに、なんだか最近その自信がなくなっちゃって」

「由貴子はどうしたいの？　晋也さんのお眼鏡にかなうよう、料理の腕を磨くとか？」

「それができればいいんだけど」と由貴子さんは肩を落とす。「地力がちがいすぎるよね。わたしも、彼のお母さんがお元気だった頃は、気になった料理の作り方を教えてもらったりしたんだ。きゅうりの胡麻和えなんて、それほど難しいものではないじゃない？　でも、お母さんの作り方は、和え衣の胡麻を、市販の練り胡麻を使わず擂り鉢で擂るのは当然として、水切りした豆腐じゃなく、油揚げの真ん中の白い部分をこそげ落として、それを擂り胡麻と合わせて作るの」

「うわ、芸が細かい」

「そういう小技っていうのか、細やかさって、わたしには絶対真似できないよ。そもそも知識もないし。いまの時代って、ネットで検索すれば、ほとんどあらゆる料理のレシピが手に入るじゃない。でも、わたしが調べたかぎり、そんなレシピの胡麻和え見つからないもん。どんこの天ぷらだってそう」

「なんていうか、家庭料理の神髄っていう感じだよね。クッキングスクールでも教えてくれなさそう」

「――『料理のセンスって、結局、持って生まれたものだと思う』」

「ん？」

「晋也さんの言葉。最近、何度か口にしてるんだよね」由貫子さんがため息をつく。

「彼のお母さん、晋也さんのお父さんの家へ嫁いで、お姑さん、晋也さんのお祖母さんに、最初のうちはものすごくいじめられたみたい。田舎だし、昔のことだしね。でも、厳しかったお姑さんも、最後にはお母さんの料理の腕を認めるようになったんだって」

「……やっかいな相手だね。生きてる人間とちがって、亡くなった人は記憶のなかでどんどん神格化されてゆくもんね。どうしたもんかなあ……」

愛理さんが悩ましい声を出し、ふたりの間に重苦しい沈黙が降りる。

彼女たちの話を聞くにつけ、すみれは確信を深めていた。由貴子さんの夫、ふたりが晋也さんと呼んでいるのは馬場さんにちがいない。とすれば、由貴子さんが馬場さんから、以前のような愛情を取り戻すためにやるべきなのは、旅行へ行くことではなく、料理の腕を磨くことではないか。

すみれが、めったにないことだが、お客様である由貴子さんに差し出口をしたい気持ちになったのは、このときだ。

しかしそれは、憶測をもとに、お客様のプライバシーに土足で踏み込むことにほかならない。求められてさえそういうことはしないように決めているのに。まして由貴子さんははじめてこの店へ足を踏み入れた人だし、そうするのは馬場さんの秘密を漏らすことでもある。接客業の人間として絶対にやってはいけないことだ。

けれどすみれはその禁を破りたい衝動に駆られた。由貴子さんにおなじ女性として共感をおぼえていたし、馬場さんに、婚外恋愛などせず、きちんと由貴子さんと向き合って欲しいと思ったからだ。

由貴子さんが料理の腕を上げたら、馬場さんは彼女をあらためて見直すのではないか。少なくとも〝食の不一致〟を浮気の言い訳にすることはできなくなるのでは？

激しい葛藤に襲われたすみれの目に、由貴子さんと愛理さんの後ろに立っている紙野君の姿が入った。

「あの、ちょっといいですか」紙野君は、由貴子さんに声をかけた。

由貴子さんと愛理さんが、紙野君を振り返る。

「失礼ですが、お話、聞いてしまいました」

「……はあ」由貴子さんが、いぶかしげに愛理さんと視線を交わした。

「よかったら、この本、買ってみてください」

紙野君は、手にしていた本を、由貴子さんに差し出した。文庫本のようだ。

由貴子さんの顔に、当惑の発露としか思えない表情が浮かんだ。紙野君が持っている本の表紙を見る。

「料理……歳時記……」

彼女はその本を、紙野君から購入した。

3

「紙野君。さっき、あのお客様――由貴子さん、に売った本って、なんだったの？」

店を閉めたあと、すみれは紙野君に訊ねた。紙野君は古書スペースへ向かい、本棚から一冊を取り出して戻ってきた。

文庫本だ。タイトルは――『料理歳時記』。出版元は、中央公論新社。

白を背景としたシンプルなカバーの上から三分の二くらいまでの空間に、地面から出てきたばかりのような筍を描いた日本画が配されている。表四とも呼ばれる、カバーの裏側の折り返しを見ると、円山応挙の作品だとわかった。

著者は辰巳《たつみ》浜子《はまこ》。表紙側の折り返しに顔写真とプロフィールがあった。明治三十七年に生まれ、昭和五十二年に亡くなった女性だ。〝戦後まもなく料理の指導をはじめ、NHKの「きょうの料理」のレギュラーのほか、放送、新聞、雑誌で活躍〟という記述もある。料理研究家らしい。

「――これ、いくら？」

「二百三十円です」

すみれはその本を買った。

早速その晩、寝る前にベッドで読みはじめたところ、結局最後まで読み通してしまい、就寝時間をふだんより二時間も削ってしまうことになった。

面白かったのだ。いや――それ以上だった。

「あれ、すごい本だった」

翌日。店を閉めたあと、すみれは紙野君にワインをつき合ってもらい、感想を口にした。むしろそのために誘ったのだ。

「『料理歳時記』ですね」紙野君は当然のように言った。

「名著だよね。わたし、料理は食べるのも作るのも好きだから、食にまつわる本とかレシピ本、けっこう読んでるつもりだったのに、なんで出会えてなかったんだろう」

『料理歳時記』は、どういう本か、カバー裏に書かれた概要をそっくり引用すると――。

いまや、まったく忘れられようとしている家庭の食卓の風景を、ダイナミックにいきいきと描きだす食文化の第一級資料。昔ながらの食べ物の知恵、お総菜のコツを、およそ四〇〇種の材料をとりあげ、四季をおってあますところなく記す。

日本の母の味・総集篇。

じつに的確な要約だ。

春、夏、秋、冬。野菜や果物、魚介類など、それぞれの季節の食材を題材に、それらの美味しい食べ方を筆者が紹介する、というのが基本のスタイルになっている。

たとえば「夏」の部の「新ごぼう」の項はこんな具合だ。

新ごぼうがやわらかく、香り高いのも初夏の味です。香りを歯ごたえで楽しむためには、笹がきごぼうの水をきって、胡麻醤油をかけ、花かつおをかけていただくのが一番よいでしょう。一度お試しください。新人参、こんにゃくとともに乱切りにして、若鶏または鶏もつと煎り煮にするお惣菜も、新ごぼうのやわらかい頃が一年中で一番おいしく感じます。

しかしそれにとどまらない。

明治に生まれ、戦前から戦後を生き抜いた筆者の生涯を通じた食への想い出もおりおりにつづられ、それが積もり積もって、彼女が生きてきた時代の日本人の豊かな食文化の貴重な証言にもなっている、とても懐の深い本だ。

この本には随所に、喪われて二度と還らない文化への言及が登場し、それを知らないすみれでさえ、強い郷愁の念をかき立てられる。そうした豊穣な内容を、食通ぶったりせず、生活者、わけても主婦の目線で、実感に裏打ちされた味わい深い文章でつづっているところがまた、じつに心にしみるのだ。

「いわゆるレシピ本じゃないから、大さじ何杯とか、何百度のオーヴンで何十分とか、そういうことはほぼ書いてない。ある程度料理ができることを前提にしてるんだろうけど、料理の根幹っていうか、小手先じゃない勘所がつかめるところがすごい」

すみれの言葉に、紙野君はうなずいた。

「これを書いていた頃、筆者は鎌倉に住んで、自給自足ではありませんが、筍とか茗荷とかきゅうりとか茄子とか梅とか蕗とか野草とか、蓮なんかまで自分で作ってるんですよね。戦時中に疎開して、そこでの経験から食物を自分の手で作ることの大切さに目覚めたって書かれてるけど、料理を工夫する楽しさが生きることに直結しているところに、俺も素朴な感動をおぼえます」

「いまどきの言葉で言えば、スローライフ、あるいはロハス？　でも、そういうライフスタイルが、頭でっかちじゃなくて地に足がついてる感じが、すごくいいよね。そして、根底には主婦の目線があるから、こうでなくてはいけないっていう、グルメにありがちな原理主義的な窮屈さがなくて、風通しがいいの」

「骨太だけど、しなやかな生活者の感性が息づいていますよね」

紙野君はそう言ってワインを飲んだ。

「それ、まさにわたしが言いたかったこと。さすが紙野君。最近、『食育』なんていう言葉をよく聞くけど、これを読んで欲しいと思う。自然の恵みを食べられるありがたさとか楽しさをこんなにナチュラルに感じられる本は、そうそうないよ」

『料理歳時記』を読んだすみれは、杉﨑恒夫の『パン屋のパンセ』のこんな歌を思い出した。


美しい紅茶には神さまが住んでいるある朝ふいに信じたくなる

すみれは宗教的な人間ではない。杉﨑恒夫のこの歌の「神さま」も、おそらく特定の宗教の神を指しているのではないだろう。紅茶に住んでいる神様がもしいるとしたら、どんな権威とも無縁な、かわいらしい存在だろうとすみれには想像される。

われわれはつい、神聖なものというものはどこか遠い場所に存在しているように思いがちだ。が、杉﨑恒夫の歌は、そんなことはない、日々のなにげない生活のなか、すぐ手の届くところにあるんだよ、と、まったく偉ぶることなく気づかせてくれる。

『料理歳時記』を読んでも、すみれはおなじことを感じた。

ただ、そうした聖性を日常に見出すには、どうやらちょっとしたこつが必要そうだ。なにげない日常を雑に過ごさず、ていねいに生きるという。『料理歳時記』にはそのヒントがたくさんある。

「レシピならネットでいくらでも探せるけど、こういう一本筋の通った哲学っていうか、生き方に触れられるのは、いまのところ、やっぱり本しかないいんじゃないかって俺は思います」

「だけど、紙野君は本当にすごいね」すみれは賛嘆を惜しまない。「よくぞまあ、まさに由貴子さんにピンポイントでフィットするような本を知ってるし、本棚に並べてるよね」

一読してすみれは、『料理歳時記』はまさにいまの由貴子さんのために書かれたような本ではないかと思った――じっさいの因果関係とは異なるにもかかわらず。

紙野君がお客様に本を薦めたとき、かならずなにかが起こる。

今回彼は、由貴子さんと馬場さんの夫婦関係が好転するよう、『料理歳時記』をおすすめしたにちがいない。すみれはそう考えていた。

だが――事態は、すみれの想像を完全に裏切る方向へと推移してゆく。

その火曜日と水曜日の夜のお客様がつぎにすみれ屋を訪れたのは、翌週の火曜日の夜のことだ。

「いらっしゃいませ」

すみれが出迎えたのは、馬場さん、本城さん、そして、愛理さんの三人だった。

「今日は三人で」と言ったのは、馬場さんだ。

あれ、とすみれは思う。馬場さんと本城さんは、この店で知り合った。しかし、愛理さんはふたりとどういう関係なのだろう。

すぐ思い当たる。愛理さんは、本城さんの恋人なのだ。

あいにくその夜はテーブル席が埋まっていたので、すみれは彼らをL字カウンターに案内した。

三人は、奥から、愛理さん、馬場さん、本城さんの順に座った。

ここですみれはまた、あれ、と思う。てっきり、愛理さんと本城さんは隣り合って座るものだと思ったからだ。

「お互い気が合いますね、二回目に来るタイミングが一緒とは」

馬場さんが本城さんに言う。

「まったくです」本城さんが同意した。

それにつづいて馬場さんが発した言葉が、すみれをさらに混乱させる。

「いやあ、ほんと、今日は偶然が重なったね。まさか愛理ちゃんもこの店を知ってたとはなあ」

愛理さんは笑ってこう答えた。

「すごい偶然ですよね。おまけにあたしがひとりで飲もうと思った夜、ばったり出くわすなんて」

そしてふたりが、なにやら意味ありげな視線と含み笑いを交わし合うのをすみれは目撃してしまい、愕然とする。男女の機微に敏感なほうではないと自覚しているから確信は持てないものの、ふたりの関係は、たんなる知り合い以上のように思えたのだ。

もしかして——愛理さんは本城さんの恋人ではなく、馬場さんの婚外恋愛の相手だったりするのではないだろうか。

めったにないことだが、めまいにも似た怒りをおぼえていた。

婚外恋愛は犯罪ではない。接客業をしていれば、そうしたカップルのお客様を迎える可能性はいつだってある。お断りしていたら商売にはならない。それも原則だ。

だがもうひとつの原則がある。この店のルールは、自分だ。

由貴子さんのことを知らずにいたら、馬場さんと愛理さんのことを黙認するのは難しくなかっただろう。ふたりとも、フードもドリンクもきちんとオーダーして客単価を上げてくれたし、酒を飲んで乱れるようなこともなく、最後までスマートに振る舞い、店を存分に楽しんでくれた。

だが、馬場さんが妻を、愛理さんが長いつき合いの親友を裏切っていて、それがおなじ女性であり、この店のお客様だとしたら？

先週の水曜日の夜、由貴子さんも同様に申し分のないお客様だった。デザートに、キャラメルのソースをかけた温かいフォンダン・ショコラ——中心がチョコレートソース状になったチョコレートケーキ——を食べた彼女は感激して、

「フォンダン・ショコラ、大好きなんです。でもこんなふうにキャラメルのソースをかけて食べるのは、はじめてでした。ちょっと濃厚過ぎるかなと思ったけど、そんなこと全然なくて、すごく美味しかったです。ほかのお料理も。また絶対来ます」

とすみれに言ってくれたのだ。

ここで自分が馬場さんと愛理さんの関係を許容するということは、彼らと同様に由貴子さんを裏切ることになるのではないだろうか。馬場さんや愛理さんの立場としてみれば、ほんの二回目に訪れた店で店主から店を出るように言われたら、相手の理性を疑うだろうが、それでもかまわない。

すみれは、馬場さんと愛理さんにお引き取りいただくことを決意した。

ところが、

「いらっしゃいませ」

紙野君が、水の入ったグラスと紙おしぼりを三つずつ載せたトレイを手にカウンタ

ーを出てきて、愛理さんの前にグラスと紙おしぼりを置いてしまった。馬場さんと愛理さんが交わし合ったメッセージに気づいていなかったのだろうか。

すみれが紙野君を制止しようとしたとき――店のドアが開いて、お客様が入ってきた。由貴子さんだった。

由貴子さんはすぐカウンターにいる三人に気づき――目を丸くした。

4

「――さっきはどうなることかと思った」

タルト・フランベをひと口食べ、ハウスワインの白を飲んですみれはため息をついた。

「さっき、って？」おなじワインを飲んで、紙野君が訊ねる。

閉店後、また、紙野君に夕食をつき合ってもらっていたのだ。

「由貴子さんが店にいらしたとき」

あの瞬間、自分が考えていたことを紙野君に説明した。先に来ていた三人は、三人連れだとすみれに告げた。つまり彼らは、あとから由貴子さんが来るのを予期していなかったのだ。由貴子さんも同様に彼らがいるのを予期せずすみれ屋に来て——夫と親友が、自分の知らないところで会っているのを目撃してしまった。あのときすみれはそう考え、馬場さんと愛理さんの対応いかんでは、彼らの関係に由貴子さんが気づくことになるだろうと想像したのだ。そうなれば最悪の場合、修羅場めいた場面さえ覚悟しなければいけなくなる。

ところが、そうはならなかった。

「まさか、由貴子さんと本城さんが恋人同士だったとはねえ」

そう。馬場さんと由貴子さんが夫婦だというのは、すみれのたんなる思い込み、盛大な勘ちがいに過ぎなかった。それどころか、由貴子さんは結婚してさえいなかったのだ。本城さんと一緒に暮らしはじめて七年になるが、籍は入れていない。

由貴子さんが合流して四人になった彼らの話を聞いていて、すみれはそれを知った。由貴子さんと本城さんは、互いがすみれの店を訪れていたことを知らずにいた。由貴子さんは本城さんに話していなかったし、本城さんも由貴子さんに話していなかったのだ。だから由貴子さんは本城さんを見てびっくりしたわけだ。

四人はみな、ひとりですみれ屋を再訪し、四人でばったり出くわしたのである。

とんでもない偶然もあったものだ。

「なるほど。それでわかりました」紙野君が言う。「すみれさん、なにか変だな、と思ったんですよ。いつもならすぐ水と紙おしぼりを出すのに、なにか考えているみたいだったし、はじめて見るような怖い顔してたから」

「――わたし、そんな怖い顔してた？」

「あ、いや……」紙野君は、すみれの視線にたじろいだようだ。「すみれさん、いつもはとても優しい表情をしてるから、そのギャップで」

結局、すみれがなかば予期したようなトラブルは生じなかった。ただ、なにも起こらなかったというわけではない。偶然の出会いによる興奮が醒めたあと、由貴子さんは、紙野君の手が空いたタイミングを見計らって彼をつかまえ、こう言った。

「こないだの本、ありがとうございました――『料理歳時記』」

「あ、はい」紙野君が、言葉少なに応じる。

「読んで、びっくりしました」由貴子さんは隣に座る本城さんを見て、「ネットを探しても見つからなかった、彼のお母さんが作ってくれた料理の作り方が、いくつも載っていたので」

そう。

『料理歳時記』は、多くの読者にとっても有益な本だと思うが、それだけではない。あの日の由貴子さんの悩みへのどんぴしゃの処方箋だったのだ。なんと、由貴子さんが印象的だったと挙げていた本城さんのお母さんのレパートリーの作り方が、すべて文中に書いてあったのである。

滝川豆腐、どんこの天ぷら、油揚げの白い部分をこそげて和え衣にする胡瓜の胡麻和え。たしかに、ネットを探しても見つからないようなレシピばかりだ。さらに、柿の葉寿司の作り方や、糠床の作り方と糠漬けのレシピもあり、ポテトチップやアイスクリーム、トマトジュースを自作する方法まで載っていたのだ。

読みながらすみれは、ひょっとして、由貴子さんの言う「晋也さん」――その時点ではてっきり馬場さんと勘ちがいしていたわけだが――のお母さんは、『料理歳時記』の著者である辰巳浜子の関係者ではないかと疑ったほどだ。

だが、そうではなかった。

「僕からもお礼を言わせてください」と紙野君に言ったのは、本城さんだ。「彼女が夢中になっている本を、僕も読ませてもらったんです。おどろきました。亡くなった母が作った料理の数々の作り方が記されていたからです。一致しすぎて、気味がわるいくらいでした。で、こないだの週末、僕は宮崎の実家へ帰ったんですが――」

本城さんの実家はいま、結婚したお姉さんが継いでいる。本城さんは持参した『料理歳時記』をお姉さんに見せ、亡くなったお母さんが持っていなかったか訊ねた。

「ああ、まだ捨ててないわよ」というのがお姉さんの答えだった。

お姉さんは、お母さんの遺品のなかから、『料理歳時記』を持ってきて本城さんに見せた。何度も読み返したのだろう、占い単行本はぼろぼろになっていた。

「もしかして、おふくろはこれで料理の勉強をしたの？」彼はお姉さんに訊ねた。

「そうだよ。お母さん、結婚するまでは料理なんかろくにできなかったんだって。この家に入ってから、お姑さんであるお祖母ちゃんにさんざんいじめられて、一念発起して料理の勉強をはじめた。そのとき一番参考になったのがこの本だったって、いつかわたしに言ってた」

本城さんは衝撃を受けた。

「俺、てっきり、おふくろはもともと料理上手なんだとばかり……」

「男のあなたには、照れくさくて言えなかったんでしょうね。見栄もあったかな。わたしには打ち明けてたよ」お姉さんはそう言って笑ったという。

「僕は、長年つき合って同居している由貴子さんと、結婚を考えながら踏み切れずにいました」本城さんは紙野君に言った。「お互いバツイチなので、慎重になっていたというのもあります。母が亡くなってからは、僕のなかでそのロスも大きくて……。

由貴子さん、料理、すごく上手なんです。ただ僕は彼女に、母が作ってくれたような料理を期待して、でも絶対に無理だろうと絶望する気持ちもあって――あの本を読んで、週末帰省先から帰るとすぐ、由貴子さんにプロポーズしました」

「……というわけなんです」

由貴子さんはかすかに頬を赤らめ、左手の薬指にはまった銀色のリングを見せた。話の急展開に驚愕しつつ、すみれは胸に、安堵から感激へと移行する温かな感情の流れを感じていた。

「おめでとうございます」紙野君は、いつものようにほとんど表情を変えずに言った。

「紙野君は気づいてたの？　本城さんと由貴子さんが恋人同士だって」

「まあ、なんとなく」

すみれは思い出す。由貴子さんはフォンダン・ショコラについて、きちんと自分なりの、体験を踏まえた感想を述べていた。馬場さんが話していた奥さん像とは重ならない。だがあのときにはもう、すみれは、彼女が馬場さんの奥さんであることを疑っていなかったので、気づかなかったのだ。

「わたしも、先週の四人の会話をもっと注意深く聞いていれば、勘ちがいすることはなかったのかもしれない。飲食店の経営者として自信なくすよ。前にもこんなことがあったし」

「そんな必要はないと思いますけど、そういうすみれさんも、新鮮でいいですね」

紙野君は少し可笑しげな顔になった。

「あ、なんかいじわる。紙野君、そういうこと言う人だった？」

「えーと。気をわるくされたなら、謝ります」

神妙な顔になる紙野君を見て、今度はすみれが微笑む番だった。

「いずれにせよ、紙野君、またキューピッド役を務めたっていうことだよね。すごいな」すみれは、高原君と美雪さんのことも思い出して言った。

すると紙野君は、なんだか複雑な表情になり、

「自分のことはさっぱりなんですが」

そう言って、タルト・フランベに手を伸ばした。

自由帳の三日月猫

1

最初にその書き込みに気づいたのは、すみれ屋開店当初からの常連である美雪さんだ。

ある昼下がり、彼女はひとりですみれ屋を訪れ、キャラメルミルクティーとデザートを楽しんでいた。

「すみれさん、美味しかったですよ、新メニュー」

「ありがとうございます」

デザートの新しいメニューとして、しばらく前からピスタチオと木いちごのパウンドケーキを出していた。アーモンドプードルの入った、香ばしくコクのある生地を、泡立てた卵白を加えることで軽い口当たりに仕上げたケーキだ。

「ところですみれさん、これ、なんだと思います？」美雪さんは自由帳を開いている。

Ａ５サイズのシンプルなスパイラルノートだ。生成りの表紙にはすみれの自筆で「すみれ屋　自由帳」とマーカー書きされている。

自由帳、すなわちだれでも自由に好きなことを書いていいノートとして、ペンをつけて何冊かをカウンターとテーブルに置くようにしたのは、しばらく前のこと。テーブルのほうは、邪魔にならないようノートに紐をつけてフックにかけていた。お客様の声を拾い上げようと、試しに置いてみたのである。

すみれ屋を開業して、一年半と少し。休みを除いて毎日朝早くから夜遅くまで働きつづけ、経営的にも安定させるのはたやすいことではないが、それでも精神的にはいくらか余裕ができてきた。

心境に変化もあった。すみれ屋を訪れるお客様が、どんなことを考えて店でのひときを過ごしているのか知りたい、という気持ちが芽生えたのだ。

ありがたいことにリピート客も増え、なかにはすみれと注文以外の会話をする人もいるが、そういった人がすべてではない。料理の感想でも、店に対する不満でも、いま気になっていることでも、なんでもいい、お客様が考えていることをノートに書いてもらったら、きっと楽しいだろう。そう思った。

はじめた頃は毎晩、店を閉めたあとでチェックするようにしていたのだが、書き込みがそれほど多くないことがわかったので、最近では、四、五日に一回、まとめて目を通すようにしている。

常連客ながら会話をしたことがないとおぼしき人が、いつも美味しく料理をいただいています、と書いてくれた。はじめて来たけど素敵なお店ですね、という感想を寄せてくれる人もいた。批判的な意見にも心の準備をしていたのだが、好意的な文章がほとんどだった。

コメントの最後に本名を記す人は少数派なので、書いたのがだれなのかわからないことが多い。それでも返答ができそうな書き込みには、すみれはコメントを返すようにしている。好意的な感想には感謝を伝え、最後に「店主より」と記す。

なかには、すみれに宛てて書いたものではないポエムのような文章や、気晴らしの落書きなのかイラストなどもあったが、そうした書き込みも楽しかった。ところが美雪さんが示したのは、すみれがかつて目にしたことがないようなものだった。

まず目につくのは、デフォルメされた猫の顔のイラストだ。猫の顔の下に「まつほ」と記されていた。その横に雲のようなものが描かれているのは漫画で言う「フキダシ」だろう。そのなかに、ひらがなの文章が書かれている。横に罫線が入ったノートなので、横書きで。ただし――どう考えてもふつうの文章とは言いがたい。

いや。それが文章であるかどうかさえ、じつのところ定かではなかった。

すみれがそう推測するのは、それがひらがなで成り立っていて、「、」や「。」で区切られ、最後が「。」で終わっているからだ。問題は、その連なりがまったく意味をなしていないという点にある。

それは、こんなふうにはじまっている。

みならとき、きめんそな。ほては、まつほ。ほてはりみし、やねす゛てはいまけい、うれんしえ。まつほき、いな゛みま゛い、はうほたらはいすのか。――

さっぱり意味がわからない。その調子でまだつづいてゆくのだが、最後まで日を通してみても、理解できる部分は皆無だった。日本語として意味をなしていないのはたしかだ。古語でもないだろう。英語の発音をひらがなで表記したものかとも考えたが、ちがう気がする。それ以外の外国語だったら、すみれには見当がつかない。

「なんですか、これ……？」すみれは反対に、美雪さんに訊き返していた。

「すみれさんも、わかりませんか」

この前、自由帳をチェックしたのは四日ほど前。この書き込みはなかった。いったいだれが書いたのだろう？　なんの目的で？　いたずらだろうか。あるいは、謎かけ？　それとも……いやがらせ？

しかし、猫のイラストには愛嬌があり、文字も整っていて、悪意があるとも思えない。

「なにかの暗号なのかな」美雪さんが言った。「ごめんなさい、呼び止めちゃって」

「いえ。ところで美雪さん、もうすぐ結婚一周年ですね」

「あ、おぼえていてくれました？」

高原君のクリスマスイブのプロポーズを受けたあと、美雪さんは彼と結婚の準備を進め、四月に結婚式を挙げた。高原君は建設会社に就職し、現場監督として毎日頑張っているらしい。美雪さんはすぐ専業主婦にはならず、まだ保険会社のセールスレディをつづけている。

「じつは、もうひとつおめでたいことがあったりして」美雪さんがはにかんで言う。

「え、もしかして」

「赤ちゃんができたんです。いま四ヵ月」

「本当に？　おめでとうございます」思わず大きな声になった。美雪さんの体型を見てもまったくわからなかったからだ。

「ありがとうございます」美雪さんの顔は晴れやかだ。

「じゃあ、いよいよ家庭に入るんですね」

「仕事のほうはこの子が産まれるぎりぎりまでつづけて、出産後は一年くらい育休を取る予定です。でも、そのあとはやっぱり仕事に復帰するつもり。この子には、あたしが行けなかった大学へ行かせてあげたいし、そうなるとお金がかかるから」

「美雪さんなら、仕事と育児、両立できそう」

「そうですかね」と美雪さんが笑う。「すみれさんは、結婚しないんですか？」

すみれは一瞬言葉に詰まり、「残念ながら、その予定はありませんねえ」と笑って答えたが、内心は複雑だ。

結婚をしたくないわけではない。できることならしたい。すみれは三十七歳になった。出産を考えるなら、のんきにかまえてはいられない年齢だろう。未婚であることの重みは日々増しているとも言えそうだ。

おない年でやはり未婚の友人は、既婚者から未婚者へのそのような質問はハラスメントである、と断言していた。そこまでは思わないにせよ、すみれも不本意なプレッシャーを感じることは否定できない。もちろん、美雪さんに悪気はないだろうが。

「もったいないですよ。すみれさんみたいに素敵な人が結婚しないなんて」

「甲斐性がないんでしょうね」

「甲斐性なら、並の女性の三倍はあるじゃないですか」そこで美雪さんはL字カウンターのほうを一瞥して、声を低めた。「どうなんですか、紙野さんとは？」

「えっ――」

「淳平ともいつも話してるんですけど、すみれさんと紙野さん、絶対お似合いだと思うんですよね」

すみれは、自分が年中斐もなく赤面するのがわかった。これまで、紙野君のことをそんなふうに意識したことはなかったにもかかわらず。

「勝手なこと言って、ごめんなさい」美雪さんが言う。「あたしも淳平も、このお店の、すみれさんと紙野さんのファンだから、つい口出ししちゃいました」

「い、いいえ……考えたことなかったから、びっくりしました」

「すみれさん、同性のあたしから見ても魅力的なのに、真面目ですもんね」

「そんなことありませんけど……そういえば、恋愛偏差値が低いとは友達から言われます」

「あたしの友達にもいますよ、もててるのに、それに気づいてない子。ほんと、もったいない。すみれさんも、もっと意識してみてください。あたしたち、すみれさんに幸せになって欲しいって勝手に思ってますから」

美雪さんは、すみれの心に大きな波紋を残して帰っていった。

カウンターのなかにいた紙野君には、ふたりの話は聞こえていなかったと思う。それでもすみれは、その日の残りの営業時間、紙野君の顔をまともに見ることができなかった。

なにかを察したのだろうか、紙野君は帰りぎわ、すみれの顔をまじまじと見つめ、近づいてきた。すぐ前で立ち止まると、手を伸ばしてすみれの額に甲を当てる。こんなことははじめてだったが、ごく自然な動作で。跳ね上がる胸の鼓動と対照的に、すみれは動けない。息も止めていたと思う。

「ふむ……熱はなさそうですね」紙野君はすみれの額から手を離した。「すみれさん。もし体調がわるいようなら、無理せずお店、休んでくださいね」

「あ……ありがとう。でも、どうして？」

「なんとなく、今日のすみれさん、午後から顔色がよくないので。ひょっとして具合がわるいのかなって」

すみれは意思に反して自分がまた赤面するのを感じた。

「……大丈夫、だよ」

「ほら、やっぱり顔が赤い」紙野君は首をかしげ、左手で右肘を支えると右手で眼鏡の位置を正した。「すみれさん、頑張り屋さんだから、ちょっと心配です。すみれさんあってのすみれ屋ですから」

「……ありがとう。大丈夫だから、ほんとに」

紙野君が眉を上げた。

「わかりました。もし具合わるくなったら、夜中の何時でもいいから電話ください」

「わかった」

「おやすみなさい。あまり夜更かししないでくださいね」

紙野君を見送ったすみれは、少し呼吸を整えてから、こう思った。

紙野君、意外とお母さんじみたところがあるんだな、と。

2

つぎに謎の書き込みに言及したのは、定年後に奥さんと離婚して独り身となった池本さんだった。

「待ち合わせだ」を決まり文句にして三度すみれ屋を訪れたあと、週に一回から二回のペースでランチタイムに通ってくれている。曜日のタイミングなどもあるので、ランチメニューを「征服」するまでには数ヵ月かかっただろうか。

店に来ると、食事のあとはかならず古書スペースへ向かい、フェアや本棚を見て、二回に一回くらいの割合で紙野君から本を買って帰る。紙野君の手が空いているときは、買った本を話題に彼と語らう。いいお客様だ。

ある日のランチタイム、ピークが一段落したところで、すみれは、入口近くの、窓に面したカウンターに座っていた池本さんのグラスに水を注ぎ足した。

「美味かったよ、新メニュー」

「ありがとうございます」

先週からサンドイッチの新メニューを出している。ロブスター&アボカドロールだ。

ボイルしたロブスターの切り身と角切りにしたアボカド、小さな角切りにしたセロリ、イエローパプリカをマヨネーズで和え、レモンの絞り汁、タバスコ、塩、ブラックペッパーで味付けして、刻んだイタリアンパセリとディルで風味をつける。このフィリングを上に切り込みを入れて開いたロングロールにたっぷり詰めたサンドイッチは、アメリカのニューイングランド地方ではポピュラーなメニューで、すみれも留学していた頃、はじめて食べた。

贅沢な海の幸と栄養豊かでぬっくりとした食感の陸の幸を、カジュアルだがなかなかどうして万能な調味料であるマヨネーズが朗らかに大らかにまとめ上げる。アメリカらしい明快さが楽しいサンドイッチだとすみれは思う。

すみれはこれに、マヨネーズを使わず、リンゴ酢と粒マスタードでさっぱり仕上げたベーコン入りのポテトサラダ、フリルレタスとミニトマト、大ぶりのぐい呑みに入れたひと口サイズのコンソメスープを添えて提供する。とくに女性に人気のサンドイッチだ。

「ところで、オーナー。これ、なんだと思う？」

サンドイッチを食べ終えた池本さんは、自由帳を開いている。指さしていたのは、猫のイラストが描かれた書き込みだった。

一週間ほど前、おなじ席に座った美雪さんがすみれに見せたあの猫ではないか。今回のは一番新しい書き込みだ。すみれが一昨日、自由帳をチェックしたとき、この書き込みはなかった。やはり今回も、猫のイラストの横に漫画のようなフキダシがあり、こんなふうに文章がはじまっていた。


みならとき、きめんそな。まつほ゛いか。

かみはき゛むなくらにさて?——


前回の書き込みと同様、やはり日本語になっていない。

「またただ……」

「また?」池本さんがけげんそうに言う。

「一週間ほど前にも、そっくりの書き込みが——」

自由帳のページをさかのぼり、美雪さんが気づいた最初の書き込みを池本さんに見せた。

「ほう。二回目ってことか。だれが書いてるの?」

「わかりません」

「謎の書き込みってこと? 面白い。これ、なにかの暗号だよな。たんなる出鱈目じゃなくて、意味のある文章だ」

「なんでわかるんですか」

「だって見てごらん、最初の文章。『みならとき、きめんそな。』。これ、一回目も二回目もおなじじゃないか」

「あ、ほんとだ」

「なんらかのメッセージが隠れてるにちがいない。――よし」

池本さんは携帯を出し、カメラを起動させると、シャッター音をさせて最初の書き込みを撮影した。

「撮ってもかまわないよね？」すみれに事後承諾を求める。

「ネットにアップされたりするのは、困ります」

「そんなことはしないよ。ちょっと研究してみたくなったんだ。囲碁仲間にも、そういうのが好きそうな人がいてね。彼に見せるくらいはかまわないだろう？」

池本さんは一年ほど前から、近所にある碁会所に通っている。仕事をリタイアし、奥さんとも離婚して孤独になっている自分に危機感をおぼえ、趣味として囲碁をはじめようと思ったのだという。生活や考え方を変えられたのは紙野君のおかげだ、といつか本人に言うのを、すみれは聞いていた。ここで『センチメンタルな旅・冬の旅』について紙野君と議論を交わしたことで、自分の人生を見直すことができた、と。

別れた奥さんやお子さんたちとの関係も良いほうに転じたらしい。元奥さんとは電話でときどき話をするし、彼女が上京したさいには一緒にお茶をしたこともあった。お子さんたちは、お盆休みやお正月、それぞれの家族を連れて池本さんの家を訪ねてくるそうだ。

「それなら、かまいません」

すみれが答えると、池本さんはふたつ目の書き込みも写真に収めた。

「もし解読できたら、教えてください」

「もちろんだよ」

そのとき、

「オーナー、お会計、お願いします」

という声が背後のテーブル席でして、すみれは振り向いた。

声の主は近所に住む主婦の岡田さんだ。五人のママ友仲間も席を立っている。

「はい」すみれはレジへと向かう。

「お先に失礼します、池本さん」

岡田さんとママ友のひとり、倉木さんが、池本さんに声をかけるのが聞こえた。

倉木さんは、いつか、池本さんに席を譲るよう迫った女性だ。

あのときすみれは彼女たちの不興を買うことを覚悟して、倉木さんにお引き取りをお願いした。常連のグループ客をひと組失ったかと思ったのだが、その後も岡田さんたちは通ってくれている。ママ友仲間の集まりに、すみれ屋を貸し切りにしたことも何度かあった。

「どうも」池本さんもにこやかに応じる。

倉木さんは自分の行為について池本さんに謝罪し、池本さんは快くそれを受け入れた。彼女は、すみれにまで謝ってくれた。

「あのときは、池本さんに無茶なお願いをして、お店にご迷惑をおかけしました」

わかってもらえれば、すみれとしてはそれでよい。

いつか岡田さんは、すみれにこう言ったことがある。

「歩いて行けるご近所に、美味しいランチが食べられるお店があるって、小さな子供を育てている母親にとっては、とてもラッキーなことなんですよ。本当に美味しいものって、なんていうか、一番身近なリゾートですよね」

すみれにもその言葉の意味がわかる気がする。住宅街の気軽なカフェでありながら、料理に関していっさい妥協していないのが報われた気がするのはこんなときだ。

「ありがとうございました」今日もすみれは、彼女たちを気持ちよくお見送りした。

「日本語の単一換字式暗号だろうって言うんだな」

その三日後、またランチにやって来た池本さんが、コンドーフサンドイッチを食べたあと、すみれをつかまえて言った。

池本さんは、コンビーフサンドイッチとフィリーズチーズステーキサンドイッチの大ファンで、日替わりメニューにいずれかがあればかならず注文する。お年のわりに、と言っては失礼かもしれないが、食べ物の好みが枯れていなくて頼もしいな、とすみれは思っている。

「ほらあの、猫の暗号の書き込み」きょとんとするすみれに、池本さんはそう言った。

「――ああ！」

「パズルなんかが好きな碁敵――っていうか、俺の囲碁の先生だな――に、携帯の画像を見せたんだ。そしたら、そうじゃないかって。単一換字式暗号っていうのは、元となる文章の文字が、暗号文のつねにおなじ文字に変換される暗号のことだそうだ。一番簡単なやつは、五十音の文字を、たとえば三つずつずらす。元が『あ』なら暗号は『え』、元が『く』なら『さ』っていう具合に。この文章も、おなじように、ひとつの平仮名がべつの平仮名に一対一で対応してるらしい。このチョンチョンは濁点だろうって」

「すごい。そこまでわかるんですか」

「そこまではね、見当はつくんだとさ。ただ、そこから先がなあ。いま言ったみたいに、五十音をいくつかずらすっていうやり方でないのは確かだそうだ。ようするに、どの文字をどの文字に変換するのか、その法則がわからない」

「じゃあ、お手上げですね」

「いまのところは、そういうことになる。なんだか悔しいよな」

難しい顔をして腕組みをする池本さんを見て、すみれは少し可笑しくなった。

「なに笑ってるんだ？　オーナーもちゃんと、ここに座る客を観察して、だれが書いたのか特定してくれよ」

「そんなに気になりますか？」

「なに、オーナーは気にならないの？」

「それは、解読できたら面白そうだな、とは思いますけど」

「鷹揚だねえ。たとえばだよ、麻薬の売人なんかがこの自由帳を使って、取引相手と連絡を取っていたりしたら？　この店を舞台に、陰でそんな不穏なことを行われていたら大変なことだよ」

真剣に語る池本さんを見て、すみれはこらえきれず、噴き出した。

「なんだよ」池本さんが心外そうな顔をする。

「ごめんなさい。池本さん、すごく想像力豊かなんですね」

「俺は子供の頃、江戸川乱歩の少年探偵団シリーズとか、シャーロック・ホームズが好きでね。こういう謎に出合うと、挑戦せずにはいられなくなるんだよ」

枯れていないどころか、少年らしさまで失っていないのだ。なんだかかわいらしい。

「池本さん。わたしは——この書き込みは、謎のままでいいと思っています」

「どうして？」

「うまく説明できないんですが、お店のなかにそんなミステリーがあるのも、素敵だなと」

「……オーナー、変わったなあ」

「わたし、ですか」すみれはとまどう。

「ああ。はじめて来た頃より、なんていうか、表情が柔らかくなった。余裕ができたっていうのかな」

「そうですか……なんだか、照れます」

「ところで、どうなってるの。紙野君とは？」

池本さんは、L字カウンターのほうに目をやって、少し声を低めた。

「え？」すみれは目を丸くする。

「つき合ってないの？」

「いえっ、全然」あわてて否定する。

「なんだ。そうなのか。いいカップルになれそうなのにな」

池本さんはがっかりしたように言う。

動揺したすみれを救ってくれたのは、ドアを開けて入ってきたお客様だった。

3

三回目の謎の書き込みをすみれに教えてくれたのは、小学生の健太君だ。

離婚が成立したあと、母親の香奈子さんと健太君は、ふたりでの夕食後、すみれ屋でデザートを食べる習慣を復活させてくれていた。

五年生になった健太君は健やかに成長をつづけている。香奈子さんが再婚していた頃と比べて、見ちがえるように穏やかで明るくなっていた。きっとこちらが本当の健太君なのだ。

その夜、ほかの席が空いていなかったので、すみれはふたりを窓に向いたカウンター席に案内した。水のおかわりを注ぎに行くと、香奈子さんが言った。

「すみれさん、美味しいですね、この新メニュー」

香奈子さんが食べているのは、ババ・オ・ロムだ。

ババは、イースト菌で膨らませた生地を焼いた、フランスやイタリアをはじめ、ヨーロッパ各地で食べられている焼き菓子である。すみれは、ブション型と呼ばれる円筒形の型に入れてオーヴンで焼く。ブーションとは、シャンパンのコルク栓のこと。これで焼くと、膨張してはみ出た生地の上部が横にも膨らんで、型から出すとまさしくシャンパンのコルク栓のように見える。

このババを、バニラ、レモン、パイナップルとラム酒等で作ったシロップに浸して食べるのがババ・オ・ロム。あらかじめ浸けておいたものに、サーブする前、ラム酒をたっぷりふりかけてサービスするのがポイントだ。サヴァランとおなじように、アルコールを受け付けない人にはお薦めできない、大人のお菓子。すみれ屋では夜だけのメニューである。

「ありがとうございます」すみれは頭を下げた。

「すみれさん、これ、なに？」と言ったのは、健太君だ。

健太君は、メキシカンフランを食べている。牛乳と卵だけでなく、生クリームも加えて作る、いくらか硬めのプディングだ。注文が入ると、冷やしておいたものに無塩バター入りのカラメルをかけ、ラズベリー、ブルーベリー、スペアミントを添えて出す。プティングよりもプリンと呼びたくなる、懐かしさを感じさせるデザートだ。

彼が指さしていたのは、猫のイラストが描かれた書き込みだった。

一週間ほど前、おなじ場所に座っていた池本さんが見つけた二回目につづく、三回目の謎の書き込みだ。猫のイラストの横にフキダシがあり、文字が書かれている。

こんなふうにはじまっていた。

みならとき、まつほ゛いか。

きめんそな、〝むなくらはいめんに?――


……相変わらず意味不明だ。「三回目だわ」

「三回目……?」

「うん。前にも二回、おなじような書き込みがあって。どうも暗号らしいんだけど、解読できてないの」

「へえ……」

健太君は自由帳のページをめくり、過去二回の書き込みを発見して「ほんとだ!」と言った。

「なにこれ、面白いね」

「だれが書いたか、わからないんですか」香奈子さんがすみれに訊ねる。

「わからないんです」そう答えて、気づいた。

昨夜、自由帳をチェックして、いくつかの書き込みに「店主より」とお札のコメントを書いた。そのときこの書き込みけなかった。つまりこれは、今日書かれたものだ。

「まつほ、なに話してるのかなあ」健太君が言う。

「まつほ？　そうか、そのイラストの猫の名前だね」

猫の顔の下には、三回とも「まつほ」と書かれている。

「まつほは三日月猫だ。ほらここ、三日月があるよ」

健太君が示したとおり、まつほの左のおでこ、目の上に、欠けている部分を耳に向けるように三日月型の模様がある。ほかは白いのに、右の耳のあたりとそこだけ黒く塗られているのだ。

「ほんとだ。三日月猫のまつほ、か」

池本さんにはああ答えたものの、すみれはにわかに、まつほがなにを語っているのか知りたくなった。

「紙野さんはいないの？」健太君がすみれに訊ねる。

「今日はお休みなの」

紙野君は今日、知人に不幸があって通夜に出るということで、ディナータイムは店に出ていない。すみれは昨日のうちにその予定を聞いていたので、今日は、カフェで修業していた頃一緒に働いていて、いまは店舗を持たず、イベントなどで出張カフェをやっている女性に手伝いをお願いしていた。紙野君は彼女へのギャラは自分が払うと主張したが、すみれは店の経費だと彼を説得した。

「紙野さんがいたらなあ」健太君ががっかりしたように言う。

健太君は紙野君の薦める本をよく買っている。紙野君ならこういう謎も解いてくれそうだと思ったにちがいない。すみれもまったくおなじことを考えたので、気持ちはわかる。

「明日、訊いてみるね、紙野君に」

すみれが言うと、健太君は目を輝かせた。

「うん、お願いします。まつほのセリフ、わかったら教えて」

もちろん、すみれは健太君に約束した。

「すみれさん、これ、美味しいです」

テーブル席からすみれに声をかけたのは、いつもご夫婦で来店してくれる由貴子さんだ。由貴子さんの向かいに座っている夫の本城さんが、

「オレンジの使い方にセンスを感じるなあ」と言った。

ふたりがオーダーしたのは、ホワイトアスパラガスのオランデーズソースだ。柔らかめに塩茹でしたホワイトアスパラガスをオランデーズソースと合わせるのは定番の食べ方だが、すみれはそこにエシャロットとオレンジジュースを加えて香りと酸味をつけ、さらにオレンジの身も散らして爽やかさを際立たせた。春から初夏の一時期し

か出回らないホワイトアスパラガスはすみれの大好物で、自分でもよく食べるし、季節の間は店でもなるべく出すようにしている。

　由貴子さんと本城さんは結婚後もよく来てくれている。今日はもうひと組のカップルとも一緒だ。

「私が子供の頃、ホワイトアスパラって缶詰しかなかったんですよ。あれにマヨネーズたっぷりつけて食べるのも好きだったけど、こんなに美味いもの、春だけじゃなくて、一年中食べたいなあ」本城さんの隣でそう言ったのは、馬場さんだ。

「本当よね」馬場さんの向かいに座る女性があいづちを打ってすみれを見た。

「すみれさん、このオランデーズソース、ひょっとして、オレンジジュースも入ってます？」

「ええ。さすがですね、静江《しずえ》さん」

「当たり？　やったあ」すみれの言葉に、静江さんは会心の笑みを浮かべる。

　静江さんは、馬場さんの奥さんだ。

　馬場さんと愛理さんは大学時代のサークルの先輩と後輩という関係で、どうやらすみれが勘ぐったような間柄ではなかったらしい。

　馬場さんが奥さんである静江さんと〝レス〟になったのは、馬場さんの仕事のストレスが原因だったらしい。すみれは、友人となった馬場さんと本城さんが、ふたりですみれ屋のカウンターで飲んでいるときの会話から聞き知った。本人の意思に反してそれが習慣化してしまった馬場さんのなかには忸怩《じくじ》たる思いがわだかまっていたようだ。だから『セックスレスは罪ですか？』という本を読んで、仲のよい夫婦間では珍しくないことなのだ、と自分を納得させようとした。

ところで、馬場さんが奥さんの料理の腕について気にするようになったのも、いわゆる〝レス〟になってからのことだった。

「自分への不全感の裏返しで、嫁さんの欠点に目を向けようとしていたんですね。お恥ずかしいかぎりです」馬場さんは本城さんにそう打ち明けていた。「じつは、それに気づいたのは、本城さんと由貴子さんのお話を聞いたのがきっかけなんです」

紙野君が薦めた『料理歳時記』が手がかりとなって、本城さんは自分のお母さんが料理上手になった秘密を知った。本城さんとしてみれば子供の頃から信じていた現実が覆されたことになるが、そのエピソードは馬場さんの料理に対する先入観をも打ち砕いたのだ。

馬場さんは、はじめて来たとき本城さんに言った言葉を自ら裏切り、奥さんである静江さんを連れてすみれ屋を訪れた。ふたりともそれぞれ仕事を持っており、夕食を別々に済ませることも多かったが、馬場さんは、美味しいものをできるだけ静江さんと共有しようと考えたのだ（これは馬場さんがすみれに直接話してくれた）。

静江さんもすみれの料理を気に入ってくれ、それからは夫婦で通ってくれるようになった。静江さんはすみれが作る料理のレシピに関心を持ち、すみれもできるだけ質問に答えている。

食べることへの関心に目覚めた彼女は、古書スペースで見つけた『料理歳時記』を紙野君から購入した。それは静江さんの愛読書となり、以来、本のなかの料理を自分でも作ってみているという。静江さんが新しくレパートリーに加えた料理を、馬場さんはほぼ百パーセント褒めている。とても幸せそうな顔で。

ついでに言うと、馬場さんは、婚外恋愛を実戦していたわけではないようだ。あのとき本城さんにそう言ったのは、自らの不調を克服するにはもはやそうした最終手段しかないかと考えはじめていたからだという。本城さんとの話を聞いていると、その後考えを変えたようだ。すみれはその話題について考えるのをやめた。

愛理さんも、いまではすみれ屋の常連になっている。

ひとりで来ることもあれば、由貴子さんや、本城さん夫妻と一緒のときもある。男性とふたり連れのことも何度かあったが、そのたびに相手は異なっていた。

いくつになってももてる女性はいるものなのだ、と感心する。そしてすみれにしては珍しいことに、それに引き替え自分はどうなんだろう、と考えたりもしたのである。

4

つぎにその書き込みがお客様との話題になったのは、翌日のこと。

「あの――すみません」

昼のピークが一段落したところで、すみれはそう声をかけられた。

L字カウンターの向こうに、ひとりの女性が立っている。窓に面したカウンター席に座っていたおひとり様客だ。どうやら、すみれの手が空くのを見計らっていたらしい。

見たところ二十代の後半。レースカラーの白いブラウスに、花柄の紺のスカート。スカートは膝丈だ。カジュアルで楽そうだが、品のよいガーリーな装い。肩までのブラウン・ベージュの髪の毛にはゆるくパーマがかかっている。けっして派手な見た目ではないが、かわいらしい。男の人が守ってあげたくなるタイプではないか。

常連ではない。が、見おぼえはあった。注文は、ピスタチオと木いちごのパウンドケーキと紅茶。ケーキは食べかけで紅茶も残っている。

「はい、なんでしょう？」

「変なことをお訊きしますが、これ――だれが書いたか、わかりますか？」

彼女がすみれに差し出した自由帳のページには、猫のイラストが描かれていた。

「じつは、わたしも、どちらのお客様が書かれたのかわからないんです」

昨日健太君に約束したとおり、紙野君にこの謎について訊ねてみようと思っていた。が、開店前は準備で忙しく、その余裕がなかったのだ。

「そうですか……」女性がノートに目を落とす。

「あの、お訊ねしていいですか？　お客様は、なぜこの書き込みをされた人をお知りになりたいのでしょうか」

「これ――うちの猫なんです」彼女はイラストの猫を示した。「この子の耳、ふつうの猫とちがって立ってませんよね？　顔の前のほうに小さく折れてます。これ、スコティッシュフォールドっていう品種の特徴なんです。うちの子もそうでした」

言われたとおり、イラストの猫の耳は特徴的な形をしていた。ふつうの猫なら三角形の耳の先端は上を向いているが、この猫はまるでお辞儀をするように垂れている。そのせいか、ちょっと困っているような表情にも見えた。

「ほんとですね」

「それだけじゃないんです。この左耳の下のおでこのところに、三日月形の模様がありますよね？　これ、うちの子の一番の特徴だったんです。こんな模様の顔の子、わたしが飼っていた子くらいしか見たことありません。だから不思議になって……」

ここまでの話を聞いて、すみれには思い当たることがあった。

「失礼ですが、お客様……いつか、飼っていた猫ちゃんへのお手紙を自由帳にお書きになった方ではありませんか？」

「――はい」女性がうなずいた。

彼女の名前は、富永晴香《とみながけるか》さん。やはりすみれの店を訪れるのは今日で二度目だった。はじめて来たとき、彼女は今日とおなじ窓に向かったカウンター席のひとつに座った。ひとりでお茶をしに来たのだ。

そのとき彼女は、少し前に飼い猫を亡くしたばかりだった。ナースである彼女は、家を出てひとり暮らしをするにあたり、わざわざペット可の寮がある病院を職場に選んだほど、その猫を愛していた。

すみれの店へ来たとき、晴香さんはまだ最愛のパートナーを喪った痛みから立ち直っていなかった。そのとき彼女はふと、カウンターに置かれた自由帳に気づいた。そして亡くなった猫へ、死を悼む手紙を書いたのだという。

すみれはその書き込みを読んでいた。コメントは返さなかったが、内容はおぼえていた。彼女の話を聞いて思い当たり、訊ねたところ、正解だったというわけだ。

そして晴香さんは、最初にすみれ屋に来たときの話をしてくれたのである。

「今日、久しぶりにこちらへ来て、自由帳を見たら、わたしの猫そっくりのイラストを見つけて、いったいだれが書いたんだろうって」

晴香さんはすみれに、携帯に保存されていた画像を見せてくれた。飼っていた猫の写真だ。

「本当だ……イラストの猫に、そっくりですね」

カメラ目線であどけない表情をこちらに見せる猫の顔には、まさしくイラストが再現しているとおりの特徴的な模様が確認できた。

「でも、わけがわからなくて」晴香さんは困惑したような顔になった。

「わたしもずっと不思議に思っていたんですが、富永さんのお話を聞いて、ひとつ疑問が解けた気がします。この三回の書き込みをしたのは、富永さんとまつほちゃんのお知り合いの方なのではないですか」

「わたしもそう思いました。それだけに……なんだか気味がわるくて。それと、わたしが飼っていた猫の名前は、『まつほ』ではありません」

「ちがうんですか？」

「ちがいます。わたしの猫は、クロワという名前でした。三日月のこと、フランス語でクロワッサンって言いますよね。そこからつけたんです」

晴香さんは、ページをくって、自分の書き込みを見せてくれた。

クロワへ

わたしの部屋は六畳なのに、君がいなくなって、きゅうにがらんと広くなったよ。ふしぎだね。

爪研ぎタワーも、キャットトンネルも、お気に入りだった宅配便の段ボールも。君のもの、なかなか捨てられないのに。けっきょく、ぜんぜん使わなかったベッドまで。

天国でも、大好きなひなたぼっこ、してるのかな。


「……そうでした」すみれも思い出す。「となると、この暗号みたいな文章も含めて、いっそう不思議が増しますねえ」

晴香さんの困惑も、いよいよ深まっているように見えた。

そのときである。

「お話、うかがいました」古書スペースのほうから近づいてくるのは、紙野君だ。

「よかったら、この本、買っていただけませんか?」

晴香さんが、今度はぽかんとした表情になった。

紙野君は手にしていた一冊の文庫本を、全身を疑問符にしている晴香さんに差し出した。

すみれにもその本のタイトルが見えた——『猫語の教科書』。

紙野君は、お客様におすすめする本に関してはなぜかいつも予備の在庫を持っているので、助かる。すみれがその夜、紙野君から買った『猫語の教科書』を寝る前に読んだのは、言うまでもない。

すみれが買ったのも、紙野君が晴香さんに売ったのとおなじ、ちくま文庫版だ(紙野君がおすすめした本を買わなかった人を、すみれはまだ見ていない)。

著者はポール・ギャリコ。訳者は灰島かり。

巻末の紹介文によれば、著者は、一八八九年、ニューヨーク生まれ。一九七六年に亡くなっている。スポーツ・ライターを経て作家となった。優れたストーリーテラーで、その作品にはすでに古典となっているものも多いという。代表作のひとつに挙げられている『ポセイドン・アドベンチャー』というタイトルを、すみれは知っていた。小説は読んでいないが、ハリウッドで映画化されたもの(リメイク版だった)を、レンタルしたDVDで観ていたからだ。

ポール・ギャリコは、無類の猫好きとしても知られている。猫を主人公とした小説も何作か書いており、世界中の猫好きに愛されているそうだ。

この『猫語の教科書』は、まさにその猫好きの部分が書かせた、なんともユニークな作品だ。内容もさることながら、まずは本の仕掛けそのものが面白い。端的に言えば、エッセイの形を取った小説、ということになるのだが、書いているのは猫、という設定になっているのだ。

冒頭に「編集者のまえがき」として、ポール・ギャリコはこの本の成り立ちについて記している。

それによると、ある日、ギャリコの近所に住む友人の編集者の玄関の前に、タイプした原稿の分厚い束が載っていた。しかし、それを持ってきた人の姿はどこにもなかったという。その原稿の冒頭に書かれていたタイトルが「猫語の教科書　子猫、のら猫、捨て猫たちに覚えてほしいこと」だった。これは、一匹のメスの猫が、子猫やのら猫、捨て猫に向けて、いかに人間の家を乗っ取り、快適な暮らしのため、彼らをどうしつけるかを書いたマニュアル――ということになっている――である。

そのことは隠さず明言されている。なにせ「第1章」の章題は「人間の家をのっとる方法」なのだ。

確証はない、としながらも、「編集者」として、ポール・ギャリコは原稿が届けられた家の近所の飼い猫「ツィツァ」が「筆者」ではないかと推測している。この、筆者であるメス猫の一人称が、じつに味わい深い。

「第7章　魅惑の表情をつくる」で、彼女は、「人間の家を支配するためには、自分の魅力をどう人間にアピールすべきか、知っていなくてはなりません」と書き、自ら猫をこう定義する。

だって猫はどんなときでも、妖艶でしとやかで、謎と魅惑に満ち、セクシーで官能的で、快活で愛敬あふれ、おもしろくて人好きがして、愛の魔法で心かきみだし、心をそそり心を満たす、ほれぼれとかわいらしい存在であり続けなくてはならないんですから。

さらにこれだ。

命あるものの中で、猫こそが最も優美な生き物であることは疑う余地がありません。

すみれは猫を飼った経験はないが、猫好きな友人はいて、彼女にとって飼い猫がまさにこうした存在であるのを知っている。筆者である彼女は猫という生き物の魅力ばかりでなく、その価値や存在意義についても、一毫《ごう》の疑念も抱くことなく、一ミクロンの謙遜とも無縁に書き記す。

『猫語の教科書』には全編にわたって、ユーモアとエスプリたっぷりの、まさに猫が書いたらこうなるだろうというお茶目でコケティッシュな魅力が横溢している。すみれは何回か声を出して笑ってしまった。

この「マニュアル」には、人間の家を乗っ取ったあと、そこでいかにお気に入りの場所を占領し、欲しいものを手に入れ、食べたいものを食べ、人間の旅行に同行するかといった「実用的」な方法が書かれているのだが、それは、筆者の彼女による人間観察に基づいている。

あるところにはこんな記述がある。

　だんだんわかってくると思うけど、人間は習慣の動物で、しかもたいへんな怠け者。だから洗脳すればどんなことでも信じこむし、ある状況を運命として受け入れさせるには、目を慣らしてやりさえすればいいんです。

笑いとともにはっとさせられる、人間に対するするどい考察もある。この本のなかで筆者は「擬人化」という言葉について解説している。擬人化とは動物や物を人間になぞらえることで、なぜ人間がそうするかというと、世界は自分たちを中心に回っていると考えるうぬぼれ屋だから、というのだ。

けれど、筆者は人間を少し皮肉な視線で眺めるだけではない。「第14章　愛について」で猫と人間の間に生じる愛についてのくだりで、すみれの目頭は熱くなった。『猫語の教科書』は、猫と人間について書かれた、素晴らしく素敵でチャーミングな本だ。だが——紙野君が晴香さんにこの本を薦めた理由は、それだけではない。

すみれは、紙野君の狙いが、はじめてわかった気がした。

『猫語の教科書』を読み終えたときにはすでに夜中過ぎだったが、いてもたってもいられなくなり、階段を降りるといったんプライベートな玄関を出て、店のドアを開け、なかへ入って明かりをつけた。

入ってすぐ右手、窓に向いたカウンターから問題の自由帳を取ると、すみれはそれを手に二階の自室へと戻った。

5

晴香さんは翌日、店へやって来た。ランチタイムのピークは過ぎていたが、窓際のカウンターは埋まっていたのでキッチン前のL字カウンターに案内する。

水と紙おしぼりを出すと、注文する前に晴香さんはすみれにこう言った。

「あれ――やっぱり暗号だったんですね」

彼女は昨日、自由帳の謎の書き込みを三つ、携帯で写真に収めて帰った。すみれとおなじように、『猫語の教科書』を読んで暗号の解読に成功したにちがいない。

「パソコンのキーボード、ですよね？」

「はい……！」晴香さんはびっくりしているようだ。「すみれさんも気づいたんですか」

「ええ」すみれは微笑む。「ほとんど徹夜になっちゃいましたけど」

自由帳に書かれた謎の書き込み。あれはたんなる出鱈目ではなく、規則性があるものだった。美雪さんや池木さんが指摘したとおり、暗号だったのだ。それも、池本さんの友人が推理していたように、平仮名の一文字がべつの一文字に対応する単一換字式の。

ヒントは、『猫語の教科書』にあった。

冒頭の「編集者のまえがき」に書かれた本の成り立ちのなかで、ポール・ギャリコは、友人である編集者が最初に原稿を見たリアクションについても記している。彼は、だれかの悪ふざけか、あるいは気の触れた者のしわざか、さもなければ見たこともない暗号だと思ったのである。

人間に持ち込まれた『猫語の教科書』の原稿は、そのままではとても読めたものではなかった。わけがわからない言葉の羅列だったのだ——すみれの店の自由帳の、猫のイラストが付された書き込みのように。

ポール・ギャリコは、その解読に取り組む。彼にとってもそれは容易ではなかったが、数ヵ月後、さながら天啓に撃たれるがごとく突然に、支離滅裂な原稿を読むことができるようになった。そして、暗号を解読するための仕組みを理解する。


タイプライターをじっくりながめればわかるのだが、これは、タイプライターのひとつの文字のまわりのキーを、文字も記号もおかまいなしに叩いたものに見える。言うまでもないことだが、タイプライターは人間の指で打つよう作られている。もし、それを猫の前足が叩いたら？　どうしたってミスタッチが多くなる。ポール・ギャリコはそう推理したのだった。

　このくだりを目にしたとき、すみれは豁然《かつぜん》としたのだ。自由帳のあの一連の書き込みも、おなじような暗号にちがいない。

『猫語の教科書』ではタイプライターだったが、日本では一般的でないし、そもそもアルファベットだ。けれど、もっと身近で似たものがすぐ頭に浮かんだ。

　本を読み終え自由帳を取って戻ると、自室のノートパソコンを開いてキーボードを見た。ローマ字のほか、キーにはひらがなの五十音も四列にわたって記されている。

　一番左上は、「ぬ」、左下が「つ」、一番右上が「へ」で右下は「ろ」だ。

　すみれはまず「まつほ」という文字を探してみた。「ま」のキーは、三列目の中央近くにあった。その前後左右の文字のひとつに「く」を見つけたとき、もしや、と思った。

　つぎに「つ」を見つける。一番左下なので、接しているキーは三つだけ。「と」「さ」「ち」だ。すみれはがっかりする。「まつほ」というのが「クロワ」を意味すると思ったからだ。だが、そこであることに気づく。

　一文字目の「ま」に対して、「く」は左隣にある。「つ」には左にひらがなのキーはないが、おなじ列の一番右を見ると「ろ」があるではないか。

試しに「ほ」を探すと、左は「を」と「わ」が併記されたキー。

――そうか。

こちらの暗号は、『猫語の教科書』より暗号の仕組みがもっと厳密なのではないか。つまり、書かれている文字の左隣にある文字を読めばいいのだ。左端にあって左にひらがなのキーがない場合、折り返すように飛んで、おなじ列の右端の文字を当てはめる。自らが立てたその仮説にしたがって、書き込みの最初にある「みならとき、きめんそな。」という文章を読んでみる。

「みならとき」は「こんにちは」――やはりそうだったのだ!

「きめんそな」は、「はるかさん」だった。

このルールをあてはめて、最初の書き込みを読むと、隠されていたのはこんな文字列だった。

こんにちは、はるかさん。わたし、くろわ。わたしのこと、おもいだしてくれて、ありがとう。くろわは、てんごくで、しあわせにしています。

必要な部分を漢字やカタカナに直すと、意味の通った文章が姿を見せる。

こんにちは、晴香さん。わたし、クロワ。わたしのこと、思い出してくれて、ありがとう。クロワは、天国で、幸せにしています。

なんと。書き込みは、亡くなったクロワが天国から晴香さんに宛てた（という体裁の）ものだったのだ。

最初の書き込みを解読すると、以下のような文章がつづいていた。

こないだの、晴香さんの書き込み、読みました。

わたし、天国でも、ひなたぼっこしてます。安心してね。

一回目の書き込みは、これで終わっている。

すみれは、二回目と三回目の書き込みも解読した。

こんにちは、晴香さん。クロワです。

少しは元気になった？

クロワは、ときどき、晴香さんとの楽しかった想い出を思い返しています。

晴香さんのおかげで、幸せだったたし、その記憶は消えません。

晴香さんも、前を向いて、幸せになってね。

これが二回目の書き込みだった。
そして、三回目。

こんにちは、クロワです。
晴香さん、元気にしてるかな？
ちょっと心配。
わたし、晴香さんには本当に感謝してます。
最期のときを、病院じゃなくて、晴香さんの部屋で迎えられて、よかった。
寝たきりで、ごはんもお水もとれなくなったわたしのそばで、
「ありがとう」って、たくさん声かけてくれましたね。
わたしこそ、ありがとう。
空の上から、いつも、晴香さんを見守っています。

ついに暗号が解けたのだ。達成感のみならず、解読された文章の内容に感動もおぼえた。

今日、晴香さんは、暗号を読み解いたメモを持ってきて見せてくれたので、すみれは自分と彼女がまったくおなじ結論に達したのを確かめた。

「これ――きっと、富永さんと親しいどなたかが書かれたんですよね？」

ところが、返ってきたのは思いがけない言葉だった。

「たぶん……ちがうと思います」晴香さんは表情を曇らせた。「解読したあとで、家族や友人に確かめたんです。ここの自由帳に書き込んだか。でも、だれも書いてないって……」

「親しい人でないなら、どうして富永さんとクロワちゃんのこと、知ってるんでしょう」

「じつは、わたし――」晴香さんが話したのは、以下のようなことだった。

クロワがまだ元気だった頃、晴香さんはインターネット上で「クロワの部屋」というブログを開設していた。タイトルのとおり、クロワが主役のサイトだ。晴香さんが撮影した写真を中心に、クロワの日常を記録したブログだという。

「だとすれば、親しい人でなくても、クロワちゃんの名前と写真を知っている人間は、不特定多数いるわけですよね」すみれは言った。

「ただ――それでも疑問は残るんです。わたし、ブログのなかで、自分のことは『クロワママ』としか書いてないんです。本名とか、個人情報はいっさい明かさないように気をつけていました」

「つまり、ブログでしかクロワちゃんを知らない人が、クロワちゃんと富永さんを結びつける可能性は、ほぼ皆無ということですか」

晴香さんはうなずいた。暗号は解けたが、謎は深まったことになる。不思議というより、ちょっと不気味の領域に突入しているかもしれない。池本さんではないが、すみれもすっかりこの謎の虜になっていた。さいわい手も空いている。

「ただ、思い当たることが、ないでもなくて」晴香さんが眉を寄せる。「わたし……しばらく前から、ストーカーにつきまとわれてるんです」

「ストーカー？」

晴香さんは、言いにくそうに、

「――自転車のサドルを何度も盗まれたり、寮のポストに差出人不明の一方的なラブレターらしきものや、わたしを隠し撮りした写真なんかが入れられていたり」

彼女の感じている恐怖がすみれにも伝わってくる。たとえ直接的な被害がなかったとしても、不本意に性的な執着を向けられるだけで女性が身体的な危険を意識するには充分だ。

「警察には届け出たんですか？」

「はい。被害届は受理してもらえましたし、寮も確認してもらえました。でも、犯人はまだわかっていません」

それは不安だろう。そして——クロワを名乗ってのあの一連の書き込みは、晴香さんの不安を増幅させたのだ。暗号を解読した直後におぼえた感動が、いまとなっては底冷えのする恐怖に取って替わった。

「富永さんは、そのストーカーが、クロワちゃんを装った書き込みを書いたかもしれないとお考えなんですね？」

「……ええ。ポストに入っていたラブレターらしきものは、ワープロをプリントしたものだったので筆跡では判断できませんし、そちらはクロワのふりもしていませんが、おなじ人だと思ってます」

晴香さんは、うつむいている。

「クロワが病気になってからは、ブログの更新、やめてたんです。だからわたしが、最期を迎えようとするクロワに『ありがとう』って言葉をかけたこと、よほど親しい人しか知らないはずなんです」

肌がぞくりと粟立つような感覚。恐怖感ばかりか嫌悪感も湧き上がる。自分の店の常連客に、ひょっとしたら犯罪者がいるかもしれないなんて。

「クロワを亡くしたことだけでも辛いのに……。もしこの書き込みを書いたのがそのストーカーなら、クロワのことまで侮辱されている気がして、許せません」

唇を引き結ぶ晴香さんの目は潤んでいた。

「すみれさん、お願いがあります。もし今度、おなじような書き込みをしている人を見つけたら、どんな人だったか、教えてもらえませんか？」


その夜すみれは、閉店後、紙野君に夕食をつき合ってもらった。食欲は湧かなかったので、ごく軽いつまみで白ワインを飲む。

「元気がありませんね、すみれさん」紙野君が上目遣いにこちらを見る。

「ちょっと悩んでることがあって」

「富永さんのことですか」

「うん」

「だれがあれを書いたのか、すみれさんには見当がついたんですね」

「……三人までは、絞れた」

自由帳にあの書き込みをした人は——同一人物だという前提で——少なくともすみれ屋に三回は来ている。であればすみれの記憶に残っているはず。

三回目の書き込みに健太君が気づいた日、開店してから夜までに窓際のカウンターに座ったお客様のなかで、すみれ屋に三回以上来ている人は三人しかいなかった。

「ひとりは、根本《ねもと》さん」

三十代前半の会社員だ。ひとりで来店するのだが、お酒好きの社交的な性格で、カウンターで隣に座ったお客様と友達になったりしている。独身で猫好きを公言しているが、猫アレルギーの体質ゆえ飼えないといつも嘆いていた。紙野君から猫に関する本を何冊か買ったことがある。

「ふたり目は、白石《しらいし》さん」

三十前後の自営業者。フリーランスでウェブデザインなどをしているらしい。ランチタイムに来て、食後はノートパソコンを開いていることが多い。健太君が書き込みに気づいた日も、ひとりでランチに来ていた。長身で爽やかな外見、人当たりもよいので絶対女性にもてるにちがいないとすみれはにらんでいる。

彼は、猫ではなく、大の犬好きだ。そういえば、最近愛犬を亡くしてすっかり落ち込んでいた。

「三人目は、にこにこさん」

「にこにこさん？」紙野君が不思議そうな顔をする。

「うん。お名前は存じ上げないんだけど、何度か午後、ひとりでこのお店へいらしてる。三十代なかばくらいに見える男性で、ほんのちょっとぽっちゃりしてる。黒い丸眼鏡をかけて、いつもカジュアルな恰好をしてるかな。お洒落じゃないけど、清潔感はある。にこにこさんていうのは、わたしが勝手につけたあだ名。いつもにこにこして、すごく感じのいい人。ただ、会話らしい会話は交わしたことがないのよね」

すみれ屋に来ている回数で言えば、三人のなかでは一番少ない。

「紙野君は、わからないかな？」

「いや、わかりました」

「三人とも、とてもストーカー行為を働く人には思えないんだけどなあ」

「そうですね」

「でも、富永さんのお話を聞くと、そのなかのだれかがストーカーである可能性が高い。彼女のストーカーは犯罪行為を働いている。わたし、警察に情報を提供するべきなのかな。ずっとそれを考えているんだけど……」

すみれ屋の店主として、市民として、おなじ女性として。ストーカーの可能性のある人物の情報を警察に提供するのは、義務であるかもしれないと思う。ただ同時にそれは、まったく無実のお客様を裏切る行為であるかもしれないのだ――すみれ屋を気に入って、ひとりでも通ってくださる大切なお客様を。

「修業時代に、飲食業をするうえで見込まれるトラブルについてはいろいろ経験して、オーナーになる予行演習はできたつもりでいたんだけどね。まさかこんな問題を抱えることになるとは想像できなかった。すみれ屋をはじめてから、こんなに悩むの、はじめてだわ」

「すみれさんは、クロワになりきって書き込みを書いたのは、富永さんのストーカーだと思いますか？」

「……それも考えてた」

すみれは、テーブルの端に置いた、くだんの自由帳を見て答える。

「富永さんの話を聞く前はむしろ感動したんだよね。こんな書き込みをする人がストーカー行為をするとは思えないんだ、直感的に。それに……信じたい。すみれ屋に通ってくださるお客様は、そんなことをする人じゃない、って」

紙野君はなにか考えるような顔でワインを飲むと、おどろくべき言葉を口にした。

「俺、書き込みしたのがその三人のうちのだれか、わかったと思います」

「えっ――」声をあげていた。「だ……だれ？」

「いまは言えません」

「どうして？」

「確証がありません。今度もしその人が店に来たら、本人に訊いてみます」

こうなると紙野君は自分の言《げん》を翻さないだろう。その言葉は紙野君なりのこの店への思いに裏打ちされたものだと、すみれは信じる。

「わたしは余計なことをしないほうがよさそうね。確証が持てたら、教えてもらえる？」

「もちろんです」紙野君は力強く言った。

翌日の午後、愛犬を喪った白石さんがランチに訪れた。彼をL字カウンター席に案内したのは紙野君だ。作業をしながらすみれは注意していたが、紙野君が白石さんに自由帳の書き込みのことを訊ねることはなかった。

その日の夜、今度は猫好きだが猫アレルギーの根本さんがひとりでやって来た。しかし、このときも紙野君は自由帳の書き込みについて訊ねなかった。

つまり紙野君は、書き込みの主は、すみれも名前を知らないにこにこさんだと考えているという結論になる。

それからの数日を、すみれは穏やかならぬ心で過ごした。

『パン屋のパンセ』には、こんな歌がある。

それでも眠られますか屋根一重へだてて宇宙の闇が被さる

宇宙の深遠さを詠んだ一首であると同時に、日常と皮一枚隔てたところに横たわる不穏さについて詠った歌でもあると思う。われわれがふだん忘れているだけで、不穏さはすぐそばに、いつも存在しつづけているのだ。

そして、人は不穏でないものだけを選んで生きてゆくことはできない。たとえこちらから求めなくても、それはふいに、思いもかけぬとき、ささやかだが愛おしい日常へと侵食してくるのだ。すみれは、穏やかならぬ自分の心を受け入れることにした。

そして、にこにこさんが店にやって来た。いつものように、午後、ランチのピークが終わったあとに。

ほんの少しぽっちゃりして見える彼は、黄色のボタンダウンシャツの上にピンク色のサマーセーターを着て、ベージュのチノパンを穿いていた。黒眼鏡をかけた顔には、やはりにこやかな表情が浮かんでいる。

彼をL字カウンターの席に案内したのは、紙野君だ。にこにこさんのオーダーは、オムカレーのドリア風のセット。ドライカレーをオムレツに包んだオムライスに、モルネーソースをかけたひと品だ。モルネーソースとは、ホワイトソースにブイヨンを加えて煮詰め、パルメザンチーズを溶かし入れたもの。朝のうちに仕込んであり、注文が入ると一人前を温める。これに、ごく薄くスライスした赤、黄のパプリカとカニのほぐし身、フルーツトマト、マッシュルーム、サニーレタスをシェリービネガーのドレッシングで和えたサラダを添える。

オムカレーのドリア風は稚気に富んだ、無邪気な楽しさのあるメニューだ。これを好きな人がストーカーとはすみれには想像しづらい。

注文をすみれに伝えると、紙野君はふたたびにこにこさんに近づいた。手にはあの自由帳を持っている。

「すみません。ひとつお訊ねしていいでしょうか」

にこにこさんが、首をかしげて紙野君を見る。

紙野君は、自由帳を開いて見せ、その一点を指で示した。

「これ、お書きになりましたよね？」

すると、にこにこさんの顔から笑みが消えた。硬直しているように見える。彼は返事をしなかった。

そのとき、ドアが開いてお客様が入ってきた——晴香さんだ。

なにか決定的な瞬間を覚悟して、すみれは心構えを作った。

しかし、その後に起きたのは、まったく予期していないことだった。

「あ、菅井《すがい》先生」

にこにこさんを見た晴香さんが、彼に向かってそう声をかけたのだ。

菅井先生と呼ばれたにこにこさんは、晴香さんを見て微笑みを取り戻した。が、どこかこわばってもいるようだ。

「いらっしゃいませ、富永さん」すみれはカウンターごしに晴香さんに挨拶した。

「お知り合いなんですか？」自然に聞こえるよう訊ねる。

「ええ」と晴香さん。「菅井先生は、獣医さんです。クロワがずっとお世話に——」

そこで彼女は紙野君が開いている自由帳に気づき、目を見開いた。

「——もしかして、先生が……？」

「すみません」にこにこさん——菅井医師が晴香さんに頭を下げた。「書いたのは、僕です」

「でも——どうして？」

「たまたま、このお店の自由帳で、クロワちゃんを亡くされたあとの富永さんの書き込みを見て、胸を打たれました。僕も担当医として、富永さんがどれだけクロワちゃんを愛し、献身的に看取ったか、よく知っています。富永さんの悲しみを少しでも軽くすることはできないかなと考えたんです。そこで、ノートに書き込むことを思いつきました。天国のクロワちゃんから、富永さんへの手紙という形で」

——なるほど。担当医なら、晴香さんがクロワを最期にどう見送ったか、ほかの人が知らないようなことを知っていても不思議ではない。

「なぜ、暗号にしたんですか？」

晴香さんが訊ねると、菅井医師は、少し気恥ずかしそうに目を落とした。

「それは——富永さんだけに宛てたメッセージにしたかったからです。あのイラストを見れば、富永さんなら、クロワちゃんだってすぐにわかる。そうしたら、暗号を解いてくれるんじゃないかって。けど、やっぱり――わかりませんでしたか？」

「自分だけでは、わかりませんでした。解読できたのは、ついこのあいだです」

「そうでしたか……。一回書いたあと、もしかして、富永さんからお返事いただけるかと思いましたが、なかったので、二回目、三回目と書きました。でも、そのあとで、反省したんです。クロワちゃんを勝手に騙《かた》るような真似をして、かえって富永さんの気持ちをかき乱すようなことをしてしまったんじゃないかって」

「先生が書いたと知らなかったので、暗号が解けたばかりのときは、そういう状態でした。じつは、わたし――最近、ストーカーに悩まされていて」

「えっ、ストーカー……」菅井医師が、ぎょっとして晴香さんを見る。

「はい。でも、今朝、つかまったんです」

晴香さんは、すみれにも目を向け、

「わたしが勤務する病院へ入院したことのあるお年寄りの男性で、わたしもお世話していた方です。今朝、寮に侵入して、わたしの自転車のサドルをまた盗もうとしているのを管理人さんが見つけて、警察に通報しました」

晴香さんの顔には複雑な表情が浮かんでいる。ストーカーの正体がわかってほっとした反面、それが自分の知る人間だったことにショックを受けているのだろう。

「先生……ありがとうございます」晴香さんが、菅井医師に頭を下げた。

「いえ……」菅井医師が、頭をかく。

「うれしいです」晴香さんが言う。「クロワの治療も、最期まで一所懸命にしてくださったのに、亡くなったあとまで気にかけてくださって」

「いや、そんな……」菅井医師の顔が赤らんだ。「僕は獣医ですから、人間を診ることはできません。でも、ペットが病気になったり亡くなったりすると、飼い主の皆さんの心だって傷ついている。本当はそのケアもしなくてはいけないんじゃないか――ずっとそう思っていたんです。この自由帳の富永さんの書き込みが、その機会を与えてくれたような気がしました」

ひたむきさを感じさせる菅井医師の言葉を聞いた晴香さんの目に、涙が浮かぶ。はっとする菅井医師に向かって、彼女は笑顔を作った。

「よかったです。あの書き込みの主が、先生で。あの……お邪魔でなければ、いま、ご一緒してもいいですか？」

「あ、それは、もちろん。どうぞどうぞ」菅井医師はうれしそうに見えた。

紙野君は晴香さんを菅井医師の隣の席に案内した。料理を作りながら、すみれは内心、泣きたいくらい大きく安堵している。すみれ屋のお客様を信じようとした気持ちが、報われたのだ。

6

その夜、すみれは紙野君を近くにあるカウンター和食店へ誘った。遅くまで営業していて、敷居は高くないがまだ若いオーナーシェフが料理も酒もいいものを出す——馬場さん夫妻がそう教えてくれた店だ。

すみれ屋を開業してから、休みの日は友達と、勉強も兼ねてあちこちの飲食店を食べ歩くようにしているが、紙野君と外食をすることはめったにない。たまには気分を変えてみたくなり、すみれ屋を出た。

空にはきれいな三日月が浮かんでいた。すみれは、クロワと晴香さん、そして菅井医師のことを思い出した。

「歩き慣れてる道だけど、なんだか新鮮に感じるな。すみれさんが一緒だと」

並んで歩いている紙野君が言った。すみれもおなじように感じた。

「毎日のように会ってるのに、お店のなかばかりだもんね、わたしたち」

五分ほどで到着した和食店は、清潔感があり、入りやすかった。オーナーシェフやスタッフの接客も気持ちがよい。すみれと紙野君はカウンターの端に座り、生ビールで乾杯した。ふたりで相談して料理を何品か注文したあとで、すみれは紙野君に訊ねた。

「自由帳のことだけど、紙野君はどんな推理で、あの書き込みを書いたのが〝にこにこさん〟だってわかったの？」

「推理はしていません」紙野君は意外な答えを口にした。

「――あっ、ひょっとして、見てたの？　彼が書き込むのを」

「ちがいます」

「じゃあ、どうして？」

「古書店ってふつう、新刊書店とちがって、本が売れても補充はしないんです。古本って、新刊とちがって、そうそう思ったように仕入れられないから。でも俺、すみれ屋では好きな本は何冊も置くし、売れて在庫がなくなったらできるだけ補充するようにしてるんです。その一冊が『猫語の教科書』です。あの本を、晴香さんとすみれさんが買ってくれる前に買ったのが、すみれさんが言う、にこにこさんだったんです」

すみれは少々拍子抜けする。けれど――今回も、紙野君がお客様におすすめした本が、彼らの運命を変えたのは、たしかだ。

晴香さんと菅井医師が和やかにランチを共にしていた様子を脳裏に再生する。示し合わせたわけでもないのに、晴香さんもオムカレーのドリア風をオーダーした。並んでおなじメニューを食べるふたりの間には、とてもいい空気が漂っていたように思う。

今回も、紙野君はひょっとしてキューピッド役を務めたのではないだろうか。

そういえば、紙野君に恋人はいるのだろうか？　いつかはたしか「自分のことはさっぱりなんですが」と言っていた気がするが。

「……猫、飼いたいな」

すみれはそうつぶやき、唐突な発言に自分でびっくりすると同時に、『猫語の教科書』の一節を思い出す。筆者によれば、人間が猫に「のぞましい家庭と奉仕」をもたらす最大の要因は、孤独なのだという。ふだんは意識していないが、自分は寂しいのだろうか。

紙野君がすみれを見る。眼鏡の奥の目がきらっと光った気がした。

「すみれさん、猫、お好きなんですか」

「飼ったことはないけど。静岡の実家では、ずっと犬を飼ってる。『猫語の教科書』読んだからかな」

「うちの猫、見に来ませんか？」

「――飼ってるの、紙野君？　猫？」すみれはまじまじと紙野君を見る。

「はい。いまのアパート、大家さんが大の猫好きで。猫だけは飼っていい部屋なんです」

「いつから？」

「半年くらい前に、保健所から引き取ってきました」

「——うそ」ショックだ。「知らなかったよ。なんで教えてくれないの？」

「訊かれなかったから、ですね」

「そういうもの……？」

「でも、それを言うなら、俺だって、すみれさんが犬飼ってたこと、知らなかったですよ」

「そうか……そうだね。話してなかった。わたしたち、意外と、お互いのこと知らないのかもしれない」

紙野君は薄張りのタンブラーを持ったまま、「ちょっぴり寂しいですね」と肩をすくめた。

意外な気がする。そういうことを言う人とは思わなかったのだ。

「行ってもいい？　紙野君のおうちに。猫ちゃんに会いに」

「今度のお休みにでも、ぜひ」

「わー、楽しみ」

そこですみれは気づく。友人たちや家族と会って過ごすのは楽しく、心安まるが、こんなふうにわくわくするのは、すみれ屋の新メニューを考えたりレシピを試行錯誤しているとき以外、めったにないことに。

「ねえ、もし紙野君がよかったら、少し遅いランチを一緒に食べない？　そしたらわたし、カンパーニュをまるまる一個使ったパーティサンドイッチを仕込んで、アイスティーと一緒に持って行くよ」

「いいですね。わがまま言ってよければ、ホワイトアスパラガスもあるとうれしいな。もちろん、お金は払います」

「いいよ、いつものささやかな感謝の気持ち。わたしも食べるんだし。そうか——ホワイトアスパラガス、ピクニックランチ風にするなら、オランデーズソースのバターをオリーブオイルに替えて、冷めても固まらないようにデリ仕立ての冷製にすればいいかな。あ、これって、お店でも出せるな——」

　また自分が食べ物と仕事のことを考えていることに気づいて、口をつぐむ。そこで、こちらを見て微笑んでいる紙野君と目が合った。

「とっても素敵です」彼は言った。

　ほっとしたばかりでなく、温かな手で優しく背中を押されたような心持ちがして、すみれはつくづく自分が幸運だったことに思い至る。カフェを開業したのは、会社にもだれにも頼らずひとりで生きてゆこうと思ったからだ。けれど、紙野君からの申し出を受け入れたあのとき、すみれはかけがえのないパートナーから差し伸べられた手を、たしかにつかんでいたのだ。

店名にすみれの名を入れるよう強くこだわったのは紙野君だ。紙野君がいたから、すみれ屋はすみれ屋になった。お客様ばかりではない――彼はすみれの人生まで変えてしまっている。

すみれはすぐ隣に座る紙野君に自然とほころんだ笑顔を向け、ありがとう、これからもよろしく、と声には出さず心の中で言った。

本書の執筆にあたり、東京都文京区千駄木〈ブックス&カフェ　ブーザンゴ〉店主・羽毛田顕吾さんにお話をうかがい、おおいに参考にさせていただきました。御礼を申し上げます。

主要参考文献

『ニューヨークレシピブック　朝ごはんからおやつまで。いま食べたいNYのレシピ60』坂田阿希子・伊藤まさこ・仁平綾（誠文堂新光社）
『シカゴ発　絶品こんがりレシピ』岸田夕子（イカロス出版）
『アメリカ南部の家庭料理』アンダーソン夏代（アノニマ・スタジオ）
『トーキョーバル　ネクスト　人気20店のデザインとメニュー150選』（柴田書店）
『カフェバッハ　ペーパードリップの抽出技術』田口護（旭屋出版）
『サンドイッチとパンメニュー238』（柴田書店）
『ハッピーサンドイッチ』おおつぼほまれ（柴田書店）
『TABLE　OGINOの野菜料理200　素材から発想する、進化するデリカテッセン』荻野伸也（誠文堂新光社）
『ウケるひと皿』土屋敦（メディアファクトリー）
『最高においしいパンの食べ方』菅井悟郎（産業編集センター）
『ビストロブック　FOOD&STYLE』（柴田書店）
『フレデリック・カッセル　初めてのスイーツ・バイブル　フランス最高のパティシエが教える基本の焼き菓子&伝統菓子』フレデリック・カッセル（世界文化社）

引用文献

『パン屋のパンセ』杉﨑恒夫（六花書林）
本文67頁（引用元：7頁・2行目　9頁・2行目）
本文91頁（引用元：20頁・3行目　37頁・3行目）
本文137頁（引用元：27頁・2行目　91頁・3行目）　本文138頁（引用元：37頁・2行目）
本文222頁（引用元：89頁・1行目　62頁・3行目）
本文224頁（引用元：8頁・3行目）　本文248頁（引用元：57頁・2行目）
本文310頁（引用元：92頁・1行目）

『O・ヘンリ短編集（二）』O・ヘンリ／大久保康雄・訳（新潮文庫）
本文45頁（引用元：目次）

『センチメンタルな旅・冬の旅』荒木経惟（新潮社）
本文103頁（引用元：化粧箱コピー）　本文106頁（引用元：序文）
本文113頁（引用元：「冬の旅」一枚目の写真）

『にんじん』ジュール・ルナール／岸田国士・訳（白水社）
本文159頁（引用元：159頁・7〜8行目）

『セックスレスは罪ですか？』エステル・ペレル／高月園子・訳（ランダムハウス講談社）
本文196〜197頁（引用元：22頁・5〜8行目）

『料理歳時記』辰巳浜子（中公文庫）
本文245頁（引用元：カバー表四）
本文246頁（引用元：109頁・16行目〜110頁・1行目）

『猫語の教科書』ポール・ギャリコ／灰島かり・訳（ちくま文庫）
本文294頁（引用元：98頁・11行目〜14行目　100頁・7〜8行目）
本文295頁（引用元：65頁・11行目〜14行目）　本文298頁（引用元：8頁・1〜2行目）

本作品はだいわ文庫のための書き下ろしです。
なお、本作品はフィクションであり、登場する人物・団体は
実在の個人および団体等とは一切関係ありません。

里見蘭（さとみ・らん）
一九六九年東京生まれ。早稲田大学卒。二〇〇四年『獣のごとくひそやかに』で小説家デビュー。二〇〇八年『彼女の知らない彼女』で第二十回日本ファンタジーノベル大賞を受賞。
著書には『ミリオンセラーガール』『さよなら、ベイビー』『藍のエチュード』『ギャラリスト』、「大神兄弟探偵社」シリーズなど。『DOLL STAR 言霊使い異本』などの漫画原作も手掛けている。
ゲラ読みとプロット作りは近所のカフェをはしごして行う。

だいわ文庫

古書《こしょ》カフェすみれ屋《や》と本《ほん》のソムリエ

著者　里見《さとみ》蘭《らん》

二〇一六年四月一五日第一刷発行
二〇一六年六月一〇日第四刷発行

発行者　佐藤靖
発行所　大和《だいわ》書房
東京都文京区関口一―三三―四　〒一一二―〇〇一四
電話　〇三―三二〇三―四五一一

フォーマットデザイン　鈴木成一デザイン室
本文デザイン　松昭教(bookwall)
本文印刷　シナノ
カバー印刷　山一印刷
製本　ナショナル製本

ISBN978-4-479-30590-3
乱丁本・落丁本はお取り替えいたします。
http://www.daiwashobo.co.jp